o
vampiro
não

está

tão

a fim

de

vlad mezrich

tradução de ryta vinagre

GALERA RECORD
RIO DE JANEIRO • SÃO PAULO

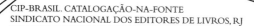

CIP-BRASIL. CATALOGAÇÃO-NA-FONTE
SINDICATO NACIONAL DOS EDITORES DE LIVROS, RJ

M563v

Mezrich, Vlad
  O vampiro não está tão a fim de você / Vlad Mezrich; tradução Ryta Vinagre. - Rio de Janeiro: Galera Record, 2010.

  Tradução de: The vampire is just not that into to you
  ISBN 978-85-01-08863-5

  1. Humor americano. I. Vinagre, Ryta. II. Título.

10-0591　　　　　　　　　　CDD: 028.5
　　　　　　　　　　　　　　CDU: 087.5

Título original em inglês:
The Vampire is Just Not That Into You

Copyright © 2009 by Scholastic Inc.

Publicado mediante acordo com Scholastic Inc., 557, Broadway, New York, NY 10012, USA.
Negociado através de Ute Körner Literary Agency, S.L., Barcelona — www.uklitag.com.

Todos os direitos reservados.
Proibida a reprodução, no todo ou
em parte, através de quaisquer meios.
Os direitos morais do autor foram assegurados.

Texto revisado segundo o novo Acordo Ortográfico da Língua Portuguesa

Composição de miolo e capa: Celina Carvalho

Direitos exclusivos de publicação em língua portuguesa somente para o Brasil
adquiridos pela
EDITORA RECORD LTDA.
Rua Argentina 171 - Rio de Janeiro, RJ - 20921-380 - Tel.: 2585-2000
que se reserva a propriedade literária desta tradução

Impresso no Brasil

ISBN 978-85-01-08863-5

Seja um leitor preferencial Record
Cadastre-se e receba informações sobre nossos lançamentos e nossas promoções.

Atendimento e venda direta ao leitor
mdireto@record.com.br ou (21) 2585-2002

o autor gostaria de agradecer a

David Levithan

Erin Black

Rachel Griffiths

Mallory Kass

Victoria Kosara

J. R. Mortimer

Jennifer Rees

Gregory Rutty

e Divya Sawhney

*por suas contribuições
a este livro.*

*Sinto verdadeiramente
que cada um de vocês
faz parte de mim.*

Sumário

INTRODUÇÃO
então... você quer namorar um vampiro.
6

PARTE UM
mordida pela paixão

CAPÍTULO UM
ele é um vampiro, ou só um wannabe?
10

CAPÍTULO DOIS
você faz o tipo (sanguíneo) dele?
30

CAPÍTULO TRÊS
Seduza-o para fora da cripta
40

CAPÍTULO QUATRO
amor ao primeiro encontro
52

PARTE DOIS
agora que você o pegou, Segure-o!

CAPÍTULO CINCO
vampiros são da Transilvânia,
meninas são da Pensilvânia
66

CAPÍTULO SEIS
aumenta a pressão sanguínea
84

CAPÍTULO SETE
você de coração quente,
ele de olhar gelado
100

CAPÍTULO OITO
seu ardor é uma chama eterna?
118

PARTE TRÊS
o vampiro não está
tão a fim de você

CAPÍTULO NOVE
não é ele, é você
130

CAPÍTULO DEZ
não é você, é ele
142

CAPÍTULO ONZE
saiba quando seu relacionamento
sangrou até a morte
156

CAPÍTULO DOZE
finalmente, v.i.v.a.
(a vida independe daquele vampiro abusado)
164

INTRODUÇÃO

então...
você quer
namorar um
vampiro.

isto não é uma pergunta. É claro que você quer namorar um vampiro. Quem não quer namorar um vampiro?

Você pode pensar que é fácil, que basta mostrar um pedacinho do pescoço, deixar uns machucados à mostra e parecer indefesa em todos os momentos certos (quando um carro estiver prestes a atropelar você, quando um leão da montanha estiver a ponto de devorá-la, quando o professor chamar seu nome e você não souber a resposta porque estava sonhando acordada com seu novo namorado vampiro hipotético etc.). Mas não é assim tão simples. É claro que às vezes você pode conseguir aquecer o espaço que antigamente era ocupado pelo coração dele. Mas, na maior parte do tempo, o vampiro simplesmente não está tão a fim de você.

Você pensa que é fácil entender os vampiros, com aquela pele incrivelmente translúcida e tudo mais. Bom, melhor repensar isso. Saber a diferença pode ser uma questão de vida ou morte para seu relacionamento (e também uma questão de vida ou morte para sua, hum, vida).

Este livro pretende ajudar. Eu, Vlad Mezrich, mostrarei todos os pequenos detalhes, os altos e baixos, as hemorragias e cicatrizações de se relacionar com um vampiro. Contarei o que eles pensam quando estão com você, o que pensam quando estão sem você e o que você pode fazer para torná-lo seu — pela manhã, no meio do dia e ao crepúsculo.

Afinal, só é preciso conhecer um. E eu, Vlad Mezrich, definitivamente sou um deles.

PARTE UM

✦

mordida, pela paixão

CAPÍTULO UM

ele é um vampiro, ou só um wannabe?

Muitas meninas me disseram: "Vlad, às vezes é tão difícil encontrar o vampiro certo. Eu só corro atrás dos caras errados. Alguns até, no fim das contas, são... humanos!"

Pode acreditar, eu entendo essa confusão. Antigamente era muito fácil distinguir todo mundo. A diferença entre um vampiro e um humano era tão clara quanto a diferença entre beber sangue e tomar uma Pepsi. Até que apareceram os *wannabes* — garotos humanos que se vestem como vampiros para conquistar as meninas. Eles dirão que fazem isso por outros motivos (porque gostam de certa banda; acham que ficam bem vestidos de preto; são anêmicos), mas, confie em mim, eles só estão armando para que as meninas se apaixonem. *Mas não caia nessa.* Você merece muito mais do que uma mera cópia barata. Você merece o verdadeiro morto-vivo.

Nunca mais vou namorar um cara humano de novo. É como dizem, "Uma vez fisgada por um vampiro, nunca mais por um garoto". Antes de tudo, vampiros não são garotos, são seres *irresistíveis*. E não no sentido de "se eu fizer um esforço, você quase se parece com Chace Crawford depois de uma reação alérgica". Eu quero dizer *irresistível mesmo*. Eles não têm acne. Têm um corpo incrível porque sangue tem pouco carboidrato. Até suas expressões faciais são sensuais! Os vampiros são sarcásticos na maior parte do tempo. Nunca se sabe se um vampiro está ridicularizando sua roupa ou se debatendo na dúvida entre te matar e te convidar para sair! (Eu *adoro* ficar nessa incerteza. Assim as coisas ficam bem mais interessantes.)

— Emma, 17

A primeira maneira de saber se o cara em que você está interessada é ou não um vampiro é considerar sua aparência física. Neste caso, você *pode* julgar um livro pela capa — e descobrir se o livro é uma história sexy, palpitante e poética de devoção eterna ou um folheto vagabundo, canhestro e desarticulado sobre a inadequação humana.

verificação: morto-vivo

✣
vampiro

A cor dos olhos vai do dourado-escuro ao preto como breu, e de vez em quando vermelho. Os vampiros astuciosos às vezes usam lentes de contato coloridas, mas há uma maneira segura de saber se ele é *verdadeiramente* um vampiro. Sua expressão diz que ele quer devorar você? Meus parabéns! Você tem um vampiro nota 10 nas mãos!

Encontre uma desculpa para encostar a cabeça no peito perfeitamente cinzelado dele. Não tem batimento cardíaco? É a glória!

A pele é de um branco brilhante e firme como mármore. Pontos extra se cintilar!

O cabelo é perfeitamente desgrenhado. Não, é perfeito! Não, é desgrenhado!

O hálito é magicamente refrescante.

Procure por um canino branco recurvado. Os incisivos alongados revelam os mortos-vivos, mas o dente branco e ofuscante, que brilha no escuro, também indica o status sobrenatural.

Um cheiro indescritivelmente delicioso. É como o sol depois de uma tempestade, desejo, como gelo derretendo no fogo e de algum modo congelando de novo, biscoitos? Desculpe, é mesmo indescritível.

... ou um impostor

humano

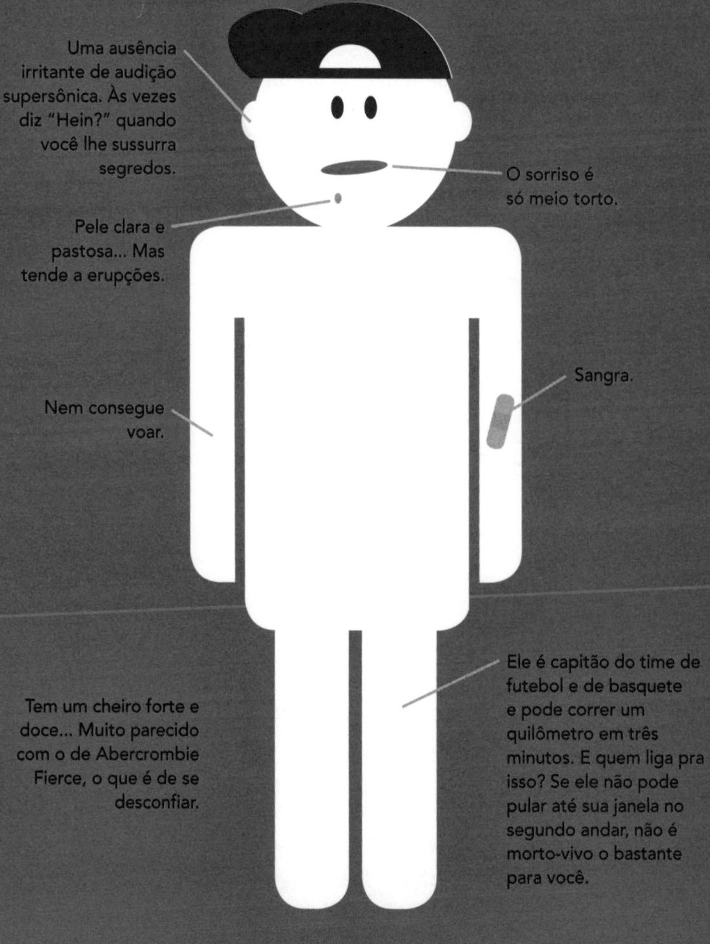
Uma ausência irritante de audição supersônica. Às vezes diz "Hein?" quando você lhe sussurra segredos.
O sorriso é só meio torto.
Pele clara e pastosa... Mas tende a erupções.
Sangra.
Nem consegue voar.
Tem um cheiro forte e doce... Muito parecido com o de Abercrombie Fierce, o que é de se desconfiar.
Ele é capitão do time de futebol e de basquete e pode correr um quilômetro em três minutos. E quem liga pra isso? Se ele não pode pular até sua janela no segundo andar, não é morto-vivo o bastante para você.

❖ Decifrando o perfil online dele ❖

Já posso ouvir você: *Mas Vlad, você está pressupondo que eu sempre tive interações pessoais com quem eu estou a fim! Isso é tão século XX!* Ora, não há motivo para ser grosseira — eu tenho perfis em pelo menos 12 redes sociais diferentes. Descobri muitos de meus antigos amigos assim — vampiros que não via há centenas de anos! Depois de localizar um possível vampiro, é hora de examinar o perfil dele à procura de pistas.

❖ exemplo a

Nome: Will Barnes

Status: Will verifica o boletim do (surfe). Lá vem a onda! (atualizado às 10h43)

Nada promissor. Vampiros não passam muito tempo na praia, nem acordam cedo para atualizar seus perfis.

Interesses: (Beisebol), (malhar), sair com os amigos, ser (descolado) de maneira geral

Excelente! Vampiros adoram beisebol.

Vampiros evitam a academia porque é complicado parecer taciturno e torturado em cima de uma esteira.

Mau sinal. Vampiros não precisam dizer às pessoas que são descolados — eles simplesmente SÃO.

Livros favoritos: (O grande Gatsby), 1.000 (maneiras de preparar carne)

Os humanos sempre citam esses livros que são obrigados a ler em aula. Um bom teste é perguntar ao cara o que acontece no final. Se ele souber, vampiro! Se não, humano. :-(

Música favorita: Fall Out Boy, The Killers, basicamente qualquer som que me (anime)

Não é muito promissor, mas pode ser um blefe inteligente! Vampiros são sempre muito ardilosos.

Vampiros odeiam ficar animados.

Frases: "Cara, que doente." —Eu, tipo toda vez que Doug fala alguma coisa

Vampirômetro: BAIXO

�֍ exemplo b

Nome: (Quentin Davenport) — *Nome antiquado! Significa que ele pode ter nascido em outro século.*

Status: Quentin está com sede. (atualizado às 3h12.)

Interesses: (Música clássica,) o reflexo da lua num lago montanhoso congelado às 3 da manhã, beisebol — *Não se preocupe se o candidato a vampiro parecer meio... melancólico. A maioria dos vampiros é superangustiada. É o jeito dele mesmo. Não se preocupe.*

Livros favoritos: (Guerra e Paz,) (O ser e o Nada,) (Aprenda a falar como se você tivesse nascido no século XX) — *Os vampiros adoram livros grandes porque eles têm muito tempo livre para matar.*

Eles também têm tempo para uns pensamentos bem profundos.

Que gracinha!

Música favorita: Debussy, Mendelssohn, o som do sangue bombeando pelo ventrículo esquerdo

Frases: "Quando a idade apagar toda a grandeza da tua gereação/ Tu (perdurarás) em meio às dores dos demais."
  —Keats, "Ode sobre uma urna grega"

Demais! Vampiro ADORA reclamar de ser gostoso e imortal.

Vampirômetro: SUPERALTO

---

ele é um vampiro, ou só um wannabe? ✦ 15

Quando eu namorava o Ben, um cara humano, ele passava toda sexta à noite com os amigos jogando videogame e citando falas erradas de *O virgem de 40 anos*. Agora eu vou à casa do meu namorado vampiro e ele toca as músicas que compõe para mim no piano. Na semana passada, Nathaniel compôs a peça mais linda, inspirada em me ver passando fio dental. Eu nem desconfiava que toda noite ele ficava sentado na árvore em frente ao meu banheiro! É tão romântico.
—DANIELLE, 16

Antes de conhecer meu vampiro, Alaric, eu era só a garota nova e sem jeito com autoestima baixa. Mas desde que começamos a namorar, de repente, todo mundo passou a me querer. Não só aqueles esquisitos tarados em eletrônica ou aqueles nerds do diretório acadêmico. Também os atletas, os mauricinhos, os cães farejadores e todo um bando de lobisomens da cidade! A essa altura, nem *me importo* se Alaric só estiver interessado no meu sangue. Pelo menos vou morrer popular!
—MANDY, 15

como lidar com os impostores

Reconheço que às vezes os impostores possam passar despercebidos pela peneira — eles são tão dedicados a suas subculturas que as tendências humanas atravessam os filtros normais. Três grupos tendem a criar grandes problemas para as garotas que querem saber se o cara é ou não um vampiro:

IMPOSTOR TIPO A ❄ gótico

Eles levam a afetação ao mais alto nível, embora tendam a usar muito, mas muito mais acessórios do que um vampiro. **A devoção desses rapazes é algo admirável, mas a humanidade deles não.** 🩸🩸🩸

IMPOSTOR TIPO B ❄ emo

Tínhamos uma expressão para designar esses meninos no século XVI, e era *dramático demais*. Uma grande distinção: os vampiros sabem que vão viver para sempre, enquanto os emos agem como se sempre estivessem para morrer. **Com qual dos dois você prefere passar a sua vida?** 🩸🩸

IMPOSTOR TIPO AB ❄ gamer

Para ser justo, este grupo não tem aspirações vampirescas. É só que eles não dormem, têm olhos terrivelmente injetados e ficam quase sempre trancados entre quatro paredes, longe do sol. **Consequentemente, eles, em geral, são confundidos com vampiros, nos raros momentos em que conseguem se desgrudar do PlayStation, do XBox ou do Wii.** 🩸

🩸🩸🩸 = grande impostor 🩸🩸 = impostor wannabe 🩸 = sem afetação nenhuma

ele é gótico, emo, gamer ou vampiro?

Para ajudar você a percorrer estas subculturas confusas, preparamos um questionário simples. Escolha o caminho que melhor se aplique ao cara e vamos lhe dizer a que grupo ele pertence. Tem atração por seus molares? Fica impressionado com a ampla gama de preto em seu guarda-roupa? É ainda mais difícil distinguir os meninos do que as meninas, então vamos ajudá-la a deduzir se sua paixão é tão sobrenatural quanto você pensa que é.

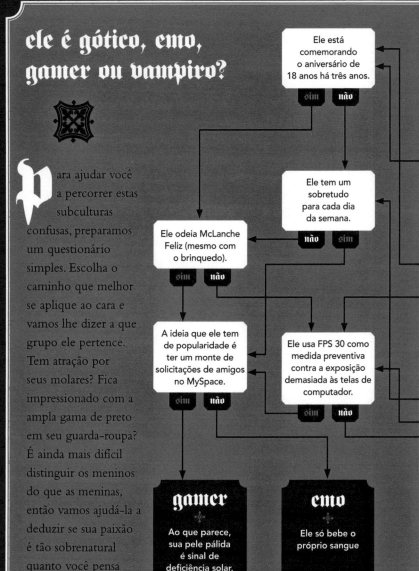

Ele está comemorando o aniversário de 18 anos há três anos. **sim / não**

Ele tem um sobretudo para cada dia da semana. **não / sim**

Ele odeia McLanche Feliz (mesmo com o brinquedo). **sim / não**

A ideia que ele tem de popularidade é ter um monte de solicitações de amigos no MySpace. **sim / não**

Ele usa FPS 30 como medida preventiva contra a exposição demasiada às telas de computador. **sim / não**

gamer
Ao que parece, sua pele pálida é sinal de deficiência solar.

emo
Ele só bebe o próprio sangue

18 ✹ o vampiro não está tão a fim de você

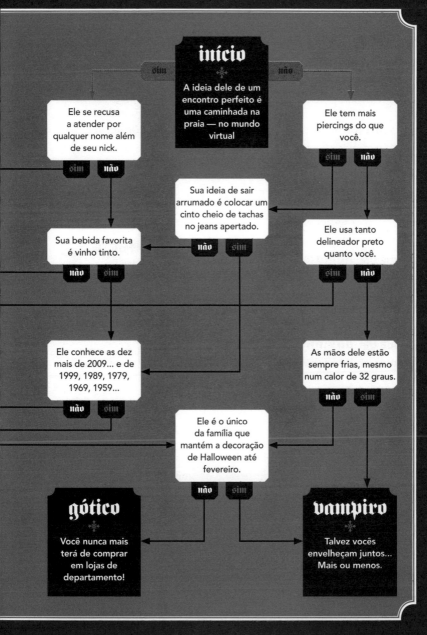

ele é um vampiro, ou só um wannabe?

Por fim, existem dicas verbais distintas que podem lhe dizer se o cara de quem você gosta é um vampiro ou só queria muito ser um.

O QUE UM 𝔥𝔲𝔪𝔞𝔫𝔬 DIZ: "Vestido legal!"
O QUE UM 𝔳𝔞𝔪𝔭𝔦𝔯𝔬 DIZ: "Este vestido é uma criação quase tão gloriosa quanto você, minha amada. Dá-me vontade de dançar interminavelmente pela eternidade com você."

O QUE UM 𝔥𝔲𝔪𝔞𝔫𝔬 DIZ: "Sei lá... o que você quer fazer?"
O QUE UM 𝔳𝔞𝔪𝔭𝔦𝔯𝔬 DIZ: "Aonde quer que você vá, eu irei. E onde quer que formos, prender-me-ei amorosamente a você enquanto estivermos lá."

O QUE UM 𝔥𝔲𝔪𝔞𝔫𝔬 DIZ: "Estou com fome."
O QUE UM 𝔳𝔞𝔪𝔭𝔦𝔯𝔬 DIZ: "Quero você."

O QUE UM 𝔥𝔲𝔪𝔞𝔫𝔬 DIZ: "Tá de sacanagem."
O QUE UM 𝔳𝔞𝔪𝔭𝔦𝔯𝔬 DIZ: "O fato de jamais podermos ficar juntos só fortalece meu desejo. Tocá-la... uma esperança. Beijá-la... um sonho."

Depois de distinguir se o objeto de seu afeto é um vampiro (e é claro que ele é!), você pode então decidir se ele é o vampiro certo para você.

Mas, Vlad, você está protestando, *só o que quero é um vampiro! Todos são paradigmas da masculinidade viril, reservados, apaixonados e mortos-vivos. Qualquer vampiro serve, né?*

Não, não serve. Embora os humanos, em sua maioria, sejam inteiramente intercambiáveis, a maioria dos vampiros certamente não é!

tipos de homens humanos e vampiros

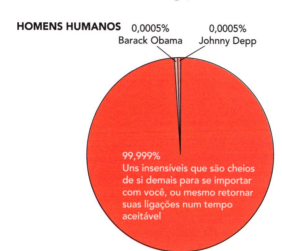

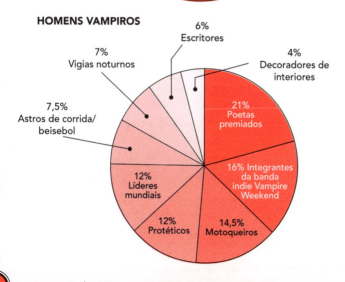

ele é um vampiro, ou só um wannabe? ❖ 21

descobrindo o vampiro certo para você

Como flocos de neve caindo em um caixão recém-desenterrado, cada vampiro é único e a chave para um relacionamento de sucesso (pelo menos no início) é descobrir o floco de neve que cabe melhor na sua língua. Não se contente com o vampiro mais próximo — encontre o vampiro que seja o certo para *você*.

Nosso quiz revela tudo sobre o príncipe das trevas que irá iluminar a *sua* noite.

1. Você vai desmaiar no primeiro encontro se ele:
   a. Depois de salvar a sua vida interceptando o caminhão que se aproximava, ainda frustrar seus possíveis assassinos num beco escuro.
   b. Abduzir você para uma cidade da Transilvânia.
   c. Pular as preliminares e ir direto ao seu coração.

2. Qual é o estilo dele?
   a. Você acha que ele é do tipo Abercrombie... Mas, francamente, em geral, você está ocupada demais admirando a maravilha que é o rosto dele para perceber a roupa que ele está vestindo.
   b. Quase sempre capas pretas de couro e ternos bem cortados. Em ocasiões especiais, ele aparece como morcego.
   c. Sua fera das montanhas é rude demais para pensar em roupas. Na verdade, ele mal se lembra de calçar os sapatos.

3. Seu apelido carinhoso preferido é:

   a. Meu Insuportavelmente Frágil Amor Humano. Deixe-me, não, quero dizer, fique!

   b. *Fleur d'Morte.*

   c. Almoço.

4. As coisas estão ficando meio quentes. Ele beija a sua boca apaixonadamente e:

   a. Afasta você numa explosão sobre-humana de autocontrole. O cheiro de seu sangue é demasiadamente inebriante!

   b. Roça os caninos em seu pescoço. Cruze os dedos — pode ser a hora de você se tornar a mais nova noiva vampira de seu príncipe das trevas!

   c. Dilacera seu pescoço. Mas está tudo bem. Você sempre quis morrer por amor.

5. O jeito de viajar preferido dele é:

   a. Em carros importados exóticos, de preferência bem caros.

   b. De morcego.

   c. Correndo pelo bosque rápido, bem rápido.

6. Os cinco sentidos não são suficientes. Seu morto-vivo ideal também tem:

   a. Capacidade de ler a mente.

   b. Capacidade de voar.

   c. Um jeito misterioso de sempre saber *exatamente* onde você está.

7. Os planos que ele faz para o futuro ao seu lado incluem:

   a. Você ficar enrugada enquanto ele continua sendo seu gato jovem.

   b. É a eternidade! Você está se unindo a ele num casamento pagão... junto com as outras 12 noivas mortas-vivas dele.

   c. Estranhamente, ele insiste em dizer que você não tem futuro.

⊱ pontuação ⊰

 SE VOCÊ RESPONDEU A MAIORIA A

Você tem um Edward nas mãos! Ele vai acelerar sua pulsação, mas aquele jeito emo também vai deixar sua cabeça girando. Ele vai afastá-la, mas seus olhos cheios de desejo a puxarão para ele de novo. Ele abandonará você para o seu próprio bem e voltará no segundo em que começar a superá-lo. É exaustivo, mas... você sabe que adora tudo isso.

 SE VOCÊ RESPONDEU A MAIORIA B

O solteirão por trás do caixão B é: Vlad, o Empalador! Destacando o "Príncipe" de "Príncipe das Trevas", os tipos Vlad, o Empalador, tendem a descender de nobres da Transilvânia. Eles se orgulham da herança que carregam, então tudo neles é antiquado — dos caixões revestidos de seda às capas forradas do mesmo tecido. Jogue duro, se quiser *este* vampiro. Experimente vestir um robe fino de seda e aparecer para ele na sacada mais próxima à luz da lua — ele vai devorá-la!

 SE VOCÊ RESPONDEU A MAIORIA C

Confesse: você é atraída pelos bad boys, como James. Os do tipo James são rudes e despachados, o tipo de cara que andaria de moto... Como se ele já não pudesse correr mais do que ela. Ele não é charmoso e não é nada gato, mas vai rastrear você até o fim do mundo se você atrair seu interesse. Cuide para pegar leve — esse sujeito vai arrancar seu coração... Se você deixar!

os dez melhores lugares para conhecer um vampiro

Fique atenta a estes points de vampiro para encontrar o morto-vivo de seus sonhos. É claro que, se nenhum desses locais der certo, você também pode (como dizem as lendas) cavalgar nua e sem sela em um garanhão virgem por um cemitério até que o cavalo pise em um túmulo e não possa avançar. Mas é claro que isso suscita a pergunta: onde é que você vai arrumar um cavalo?

1 ❋ o banco de sangue

Você está ali para dar e ele para receber. Você pode ficar meio tonta quando a enfermeira tirar seu sangue, mas isso não é *nada* se comparado ao que ele sentirá. Você receberá um biscoito depois para manter alto o nível de açúcar no sangue, mas isso nem será necessário — ele já será totalmente doce com você.

2 ❋ igreja

Não durante a missa — você não acha que seu vampiro é um beato, né? Não, você precisa voltar tarde da noite. Bem de madrugada. Quando ninguém estiver por perto. E o luar se derramando pelos vitrais. E as velas estarão bruxuleando ao vento. Os vampiros não resistem a esse cenário. Só cuide para manter a cruz na parede e não erguida na cara dele.

ele é um vampiro, ou só um wannabe? ❋ 25

3 ✣ o refeitório da escola

Como os vampiros tendem a se agrupar na hora do almoço, o refeitório é um dos melhores lugares na escola para localizá-los. Quer uma boa dica para identificar os mortos-vivos? Não comem muito. Eles se olham de um jeito meditativo. Quando alguém que não é vampiro tenta se sentar à mesa, eles sibilam. E, é claro, sempre parecem cansados e se sentam longe das janelas.

---

4 ✣ lojas de material de construção

Ele pode entrar lá a qualquer hora da noite e encontrar todas as coisas necessárias para se fazer um caixão confortável. Às quatro da manhã não há muito o que ver na TV, então os vampiros zanzam por lá. Não os confunda com os caras que têm de trabalhar no turno de meia-noite às oito, porque eles também tendem a parecer mortos-vivos.

---

5 ✣ aula de educação física

Aquele gato usando bermudão? Não é um vampiro. Aquele cara todo de preto, da cabeça aos pés, batendo a peteca de badminton com tanta força que deixa uma marca no chão? Deve ser um vampiro. Se quiser chamar a atenção dele, desmaie. Se *realmente* quiser chamar a atenção dele, rale o joelho quando mergulhar no chão para pegar a peteca.

---

6 ✣ a floresta

O luar dará um brilho pálido a sua pele. Pareça meio perdida e abandonada, e ele estará lá mais rápido do que você consegue pronunciar "isca".

7 ✳ um parapeito

O ideal é que seja um parapeito de pedra, decorado com gárgulas e imerso nas sombras. É altamente recomendado que o visite entre 11 da noite e 3 da manhã em noites de lua cheia. Infelizmente, muito poucas cidades modernas têm parapeitos, mas sacadas, torres de água e até saídas de incêndio poderão funcionar mais ou menos.

8 ✳ cemitérios

Pode parecer óbvio, mas os cemitérios são ótimos lugares para ser abduzida. Ande a esmo, suspirando por entre as criptas, ou percorra os caminhos nas partes mais escuras e veja se você não consegue alguma ação para o sábado à noite. Dica: vista uma saia comprida que arraste pelo chão e cuide para tropeçar enquanto "foge". Vampiros adoram flertar!

9 ✳ cavernas

Se você entrar numa caverna e ouvir The Cure tocando, é provável que esteja a ponto de se deparar com o esconderijo de um vampiro. Lembre-se: você pode ver sombras em toda parte — mas devem ser só as roupas pretas penduradas para secar. Aja com uma cautela animada.

10 ✳ livrarias

Se estiver lendo isto agora numa livraria (em vez de comprar — mas que vergonha!), pode muito bem haver um vampiro perto de você. Eles em geral podem ser encontrados guardando livros como *Drácula*, *Crepúsculo* e *Diários do Vampiro* na seção de biografias em vez de na estante de ficção.

ele é um vampiro, ou só um wannabe? ✳ 27

Conheci Max de madrugada numa farmácia 24 horas. Ele estava no corredor 4: Higiene Dental. Eu estava pegando minha pasta de dente quando o vi passando fio dental bem ali, na seção! Ele me viu encarando seus caninos, então se aproximou e disse, "E aí, gata?" Se ele não fosse tão lindo, eu teria olhado de lado e ido embora... Mas eu amo caras de dentes limpos.

—MEGAN, 16

Descobrir o vampiro certo não é a mesma coisa que torná-lo seu. (Ou conseguir que ele decida tornar você dele.) No Capítulo Três, discutiremos como agir. Mas antes de fazermos isso, há outra parte da equação que precisamos considerar: você.

RECADO DA GRETA, UMA CAÇA-VAMPIROS

NÃO ME LEVE A MAL. SEI POR QUE VOCÊ GOSTOU DELE. NUM MINUTO VOCÊ ESTÁ PERSEGUINDO SEU VAMPIRO ALTO, PÁLIDO E INEGAVELMENTE LINDO EM UMA VIELA ESCURA, DE ESTACA NA MÃO, PRONTA PARA FAZER SEU TRABALHO DE CAÇA-VAMPIROS — E NO SEGUINTE TERMINA NUM ENCONTRO, CORRENDO PARA UM LUGAR PROTEGIDO LÁ PELAS CINCO E MEIA DA MANHÃ PARA EVITAR O NASCER DO SOL, QUE PODE FAZÊ-LO ARDER EM CHAMAS. É, NO COMEÇO É ESSA ANIMAÇÃO TODA.

MAS, DEPOIS, O PALCO DA LUA DE MEL É DESMONTADO E VOCÊ TEM DE DECIDIR ENTRE IR A UM ROMÂNTICO PIQUENIQUE NOTURNO NO CEMITÉRIO OU FAZER SEU TRABALHO (E ELIMINAR, DE MANEIRA IMPLACÁVEL, METADE DA FAMÍLIA AMPLIADA DELE). JÁ É BEM DIFÍCIL TENTAR SALVAR O MUNDO SEM SE PREOCUPAR SE VOCÊ POR ACASO MATOU O TIO AL DO SEU NAMORADO VAMPIRO. ESTRESSE DEMAIS, MENINAS. VOCÊ REALMENTE ESTÁ TÃO INTERESSADA NELE ASSIM?

CAPÍTULO DOIS

você faz o tipo (sanguíneo) dele?

Sua mãe pode ter lhe dito que os vampiros estão atrás de apenas uma coisa: sangue. Mas isto, na melhor das hipóteses, é uma simplificação grosseira — se não uma completa calúnia. Os vampiros são seres complexos com desejos complexos. Se fôssemos atrás de cada garota que aparecesse, haveria bem menos vampiros solteiros — e bem menos garotas vivas.

o que um vampiro procura numa garota

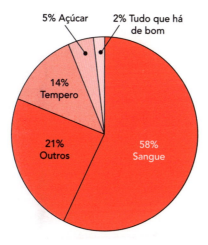

Embora pessoalmente eu ache humilhante a expressão *isca de vampiro*, há uma verdade no impulso de se tornar apresentável a um pretendente vampiro. E por "apresentável", não quero dizer vestir-se de preto e espetar o dedo. Pedi a alguns de meus amigos vampiros mais atraentes que refletissem sobre a antiga questão: *O que você procura numa garota?*, e você vai achar as respostas ao longo deste capítulo. Também lhe darei as informações necessárias para atrair um vampiro como uma mariposa é atraída a uma chama — só que sem toda a parte de autoimolação. (Significa se queimar, meninas. *Se queimar!*)

Gosto de um sorriso bonito, uma ótima personalidade e sangue O negativo.

—SIMON, 902

Gosto de uma garota que não me peça, por exemplo, para transformá-la em uma vampira no primeiro encontro. Quer dizer, caramba, por que a pressa? Quero conhecer você primeiro!

—THEO, 112

Adoro quando uma garota parece ser muito inteligente, mas logo se demonstra capaz de colocar a vida em risco pelo menos duas vezes ao dia, assim ela torna-se completamente dependente de mim para sobreviver. Se ela for bonita, eu não hesito em surgir toda vez para salvá-la.

—JOSEPH, 73

Você é mesmo o tipo de garota em que ele quer afundar as presas?

As roupas dark que ele veste lhe dão arrepios, aquela pele de alabastro é algo irresistível, mas como você sabe se o faz querer fugir ou ficar com você a noite toda? Descubra respondendo ao questionário a seguir.

1. Em um dia ensolarado de verão, você provavelmente:
   a. Está na praia, lambuzada de bronzeador.
   b. Está zanzando por uma loja de discos indie.
   c. Dorme até o pôr do sol, com as cortinas fechadas.

2. Que prato você prepararia para um jantar romântico?
   a. Steak tartare.
   b. Linguini ao alho e óleo.
   c. Sanduíches vegetarianos com queijo grelhado.

3. Se ele lhe mandar flores, você ficará feliz se o buquê for principalmente de:
   a. Acônito.
   b. Boa-noite desidratada.
   c. Flores são tão comuns. Que tal um galho de salgueiro-chorão?

4. Em que hora do dia você é mais ativa?
   a. "Ativa" não é bem a minha praia.
   b. Ao nascer do sol. Os primeiros raios de luz já me deixam ligada.
   c. Por volta da meia-noite.

5. **Quando vê sangue, você:**
- **a.** Não liga. Tanto faz... É só sangue. Todo mundo vai morrer.
- **b.** Tem um surto de adrenalina e desmaia.
- **c.** Vomita.

6. **Se ele olhasse seu armário, encontraria principalmente:**
- **a.** Camisas polo em cada tom pastel que existe.
- **b.** Jeans apertados.
- **c.** Espartilhos vintage do século XVIII.

7. **Seu homem ideal arrasa em que esporte?**
- **a.** Lançamento de pedras em camponeses da janela do castelo.
- **b.** Futebol.
- **c.** Skate.

8. **Seu maior medo é:**
- **a.** Ser malcompreendida.
- **b.** O escuro.
- **c.** Uma cama de bronzeamento.

9. **Se você passasse por um cemitério à noite, provavelmente:**
- **a.** Pararia um pouco. Se sentiria em casa.
- **b.** Andaria rapidamente e prenderia a respiração pelo maior tempo possível.
- **c.** Escreveria uma música sobre o belo sofrimento da morte.

10. **Suas férias de sonho seriam:**
- **a.** Velejar pelas Bahamas.
- **b.** Tomar um cafezinho honesto em Williamsburg, no Brooklyn.
- **c.** Explorar cavernas romenas.

pontuação

ATRIBUA OS SEGUINTES PONTOS PARA CADA RESPOSTA:

1. **a.** 1 **b.** 2 **c.** 3 **2.** **a.** 3 **b.** 2 **c.** 1 **3.** **a.** 1 **b.** 3 **c.** 2

4. **a.** 2 **b.** 1 **c.** 3 **5.** **a.** 2 **b.** 3 **c.** 1 **6.** **a.** 1 **b.** 2 **c.** 3

7. **a.** 3 **b.** 2 **c.** 1 **8.** **a.** 2 **b.** 1 **c.** 3 **9.** **a.** 3 **b.** 1 **c.** 2

10. **a.** 1 **b.** 2 **c.** 3

DE 10 A 16 PONTOS

Você não é o potinho de hemoglobina dele. Você pode pensar que ele é um gato, mas esta relação não tem o menor futuro. Será bem melhor para você ficar com um sujeito humano.Vocês simplesmente não têm o bastante em comum para que isto dê certo por muitos (e muitos) anos.

DE 17 A 23 PONTOS

Você terá mais sorte com um emo. Ele pode ter semelhanças incríveis com um vampiro, mas não é um morto-vivo — ele é deprimido. Os vampiros podem se sentir atraídos por donzelas delicadas como você, mas não há nada em você que prenda o interesse dele por muito tempo.

DE 24 A 30 PONTOS

Você realmente faz o sangue dele bombear! (Tá legal, não no sentido literal, mas você sabe o que quero dizer.) Você é como uma tortinha de veludo vermelho e frágil que ele está louco para mordiscar. Seu futuro pode conter uma eternidade de caminhadas pelo cemitério ao luar.

é importante lembrar que, por mais frágil, doce, bonita e louca que você seja (ou não), sua paixão vampira não lhe dará a mínima se não tiver algo realmente importante: sangue. Sei o que está pensando: *Mas peraí, Vlad, poucas páginas atrás você disse que os vampiros procuram muito mais do que sangue numa garota.* É verdade. Mas não podemos ignorar que o sangue é um fator importantíssimo na tomada de decisão de um vampiro. Há um motivo para ele querer estar com você e não, digamos, com uma árvore.

Pense da seguinte maneira: todo mundo tem suas preferências. Alguns humanos só namoram louras. Outros podem gostar de piercings ou tocadoras de oboé. Os vampiros têm preferências também, especialmente quando se trata do tipo sanguíneo. Antes de ir atrás do seu vampiro, é importante saber se você é do tipo dele. Lembre-se, você não precisa deixar que ele *prove* seu sangue; o cheiro é suficiente para levá-lo à loucura. E é importante fazer com que ele queira mais.

As meninas de cabelo preto-azulado são especialmente sedutoras, porque quando você brinca com o cabelo delas, pode imaginar que é feito de veias.

—GUSTAV, 430

Quero uma mulher que ria de minhas piadas mesmo depois de me ouvir repeti-las por 600 anos.

—IGNATIO, 803

Gosto de uma garota que não deixe a tampa erguida depois de ir ao caixão.

—GLEN, 194

Prefiro meninas com cabelos castanhos compridos que adorem ruminar sozinhas por horas no meio de uma floresta — isso é MUITO EXCITANTE. Quer dizer, elas são tão caladas que são praticamente uns alces.

—WOLFGANG, 102

Busco confiança! Tantas meninas são tão inseguras que ficam se olhando nos espelhos o tempo todo. É sério, não dou a mínima por não conseguir ver meu reflexo, então por que eu ia querer uma garota que olha o dela 24 horas por dia?

—BARTHOLOMEW, 173

teste de sabor de tipo sanguíneo

tipo sanguíneo

SABOR: Encorpado e amadeirado, com notas de canela.

ATRAI: Vampiros ativos e alinhados que gostam de escalar (em dias nublados, é claro).

ONDE O ENCONTRARÁ: Procure o cara pálido de casaco de fleece da Patagônia — ele vai ficar caidinho por você.

---

tipo sanguíneo

SABOR: Delicado e prolongado, com notas de baunilha e jasmim. Os altos níveis de glicose acentuam o sabor, então cuide para mordiscar um chocolate antes.

ATRAI: Vampiros introspectivos e artísticos.

ONDE O ENCONTRARÁ: Encarando você na aula de artes, cativado por seus olhos expressivos e por sua veia jugular palpitante.

---

tipo sanguíneo

SABOR: Robusto e selvagem, com um forte toque final. Combina bem com adrenalina, então corra na esteira!

ATRAI: Vampiros brincalhões e extrovertidos que gostam de jipes abertos e curtem esportes.

ONDE O ENCONTRARÁ: De pé na traseira do jipe enquanto os amigos vampiros entram no estacionamento da escola.

tipo Sanguíneo `AB +`

SABOR: Arrojado e ácido, com toques sutis de alcaçuz. Os fãs de AB+ acham o cheiro quase irresistível quando o sangue está ligeiramente resfriado, então deixe o suéter no carro e domine o tremor sexy para obter melhores resultados.

ATRAI: Vampiros rebeldes, do tipo bad boys.

ONDE O ENCONTRARÁ: Em uma viagem de moto pela Romênia. Comece a economizar para as frequentes milhas aéreas.

---

tipo Sanguíneo `AB-`

SABOR: Complexo mas suave, com toques de mel e um acabamento floral surpreendente.

ATRAI: Vampiros melancólicos e taciturnos.

ONDE O ENCONTRARÁ: Languidamente encostado numa lápide musguenta no cemitério local, absorto em um livro de poemas. Para pegar um desses vampiros altamente cobiçados mas evasivos, estenda-se teatralmente em uma lápide próxima e comece a suspirar de melancolia. Ele cobrirá suas mãos torturadas e cansadas do mundo.

CAPÍTULO TRÊS

Seduza-o para fora da cripta

Agora que concluímos que você é perfeita para ele e ele é perfeito para você, há a questão nada insignificante de fazer contato. Com o passar dos séculos, os vampiros foram acusados de jogo duro — mas na verdade não há jogo algum. Nós simplesmente somos difíceis de se conseguir. Ainda assim, não tema! Com todas as palavras certas e todas as atitudes corretas, você deve conseguir fazê-lo sucumbir.

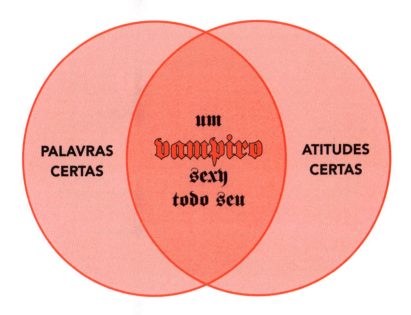

Você já está nervosa, não é? Está pensando, *Talvez seja melhor manter distância. Talvez eu deva amá-lo somente de longe.* Há um pequeno grupo de poetas sentados num canto isolado aplaudindo essa decisão — mas você merece mais do que isso. Seu sangue vai ferver até que você converse com ele e o mundo será um lugar gélido até que ele seja seu. Não finja que tem alguma alternativa nesta questão. Depois que o encontrar, precisa ir até o fim.

Para sorte de vocês, meninas mortais, as atitudes e palavras não são as únicas coisas que falam alto aos vampiros. Ao contrário dos meninos humanos, que só podem se concentrar em um sentido de cada vez (e também parecem se concentrar apenas em uma característica anatômica de cada vez), os vampiros apreendem o quadro geral. Costuma ser uma combinação de mensagens sensuais que fazem a balança pender do desinteresse ao amor. Aqui vamos examinar as melhores maneiras de atrair os olhos (ou o faro) de seu vampiro.

odores que enlouquecem um vampiro

Quando você quer um hambúrguer, não o cobre de rosas, não é? Você também não deve fazer isso consigo mesma — perfume só atrapalha. *Existem* certos cheiros a que um vampiro simplesmente não consegue resistir!

❋ medo

Um tanto pungente, meio acre, o cheiro do seu medo fará seu vampiro voar feito um meteoro. Experimente assistir a um monte de filmes de terror, ou fazer seu irmão mais novo saltar de trás do sofá quando você menos espera. Mas lembre-se de manter o cabelo para trás, para que o cheiro do medo em seu pescoço não seja mascarado pelo cheiro do seu xampu!

❋ desespero

Este é um cheiro difícil. Você deve parecer desesperada para manter sua frágil vida humana, e não desesperada para arrumar um namorado vampiro. Procure pensar, *Eu vou morrer, eu vou morrer*, e não *Eu vou morrer solteira, eu vou morrer solteira.* Isto deve funcionar.

❋ adrenalina

Você já correu pela floresta ou cambaleou apavorada por sua casa? Seu coração está martelando e os músculos de seu estômago se apertaram? O aroma de zinco da adrenalina está correndo em suas veias. Hora de um joga-cabelo sexy!

✤ desejo

Doce, com um leve matiz de decadência, o cheiro do seu desejo o inebriará. Afinal, quem não gosta de ser amado? Se você realmente quer deixá-lo enlouquecido, invista no desejo indefeso — os vampiros contam que o cheiro é mais complexo e mais satisfatório.

✤ sangue

Pronta para armas mais poderosas? Fure seu dedo e passe um pouco de sangue atrás das orelhas, nos pulsos e especialmente na cavidade de seu pescoço. Sabe-se que este truque sai pela culatra, uma vez que impele alguns vampiros a ficar tão desvairados que acabam por matá-la. Mas, olhe só, funciona em pelo menos metade das vezes.

Dicas de Braun Steiny para a beleza eterna

Eu não saberia distinguir um rímel de um instrumento de tortura. Minha colega de outrora, Braun Stein, porém, tem estado na cena glamourosa desde que Elizabeth I começou a usar maquiagem. Aqui estão as palavras de sabedoria dela para você:

Pegue a revista *Seventeen* e atire-a pela janela (assegure-se, claro, de não atingir o vampiro que está pendurado na árvore). Essas revistas fúteis são coisas de criança. Você agora está no grande covil.

✠ maquiagem

Prefira a simplicidade. Quando em dúvida, pergunte a si mesma: "Se eu tivesse naufragado numa ilha tropical deserta, quais seriam os três itens de beleza sem os quais não viveria?"

1. **PROTETOR SOLAR, FATOR 100 OU SUPERIOR.** (Se você ficou um tanto surpresa com esta sugestão, por favor, dê este livro a alguém que realmente possa fazer uso dele.) Caso contrário, você vai precisar passar uns três meses a mais entocada em sua casa, perdendo o bronzeado. Pode não ser uma vida inteira para seu vampiro, mas assim parecerá para você.

2. **BASE, DE PREFERÊNCIA ILUMINADORA.** (Aquelas bronzeadoras não servem.) Você quer parecer pálida, pálida, pálida e levemente beijada pelo orvalho. Precisamos dizer mais alguma coisa?

3. **BATOM VERMELHO.** (E não aquela porcaria cintilante de gloss. Estamos falando de algo espesso e sólido com que se pode escrever bilhetes de amor para seu vampiro no espelho.)

✤ moda

Xadrez? Lycra? Grifes? Agora chega! Doe tudo para a caridade — melhor ainda, dê tudo a uma menina que nunca se sentiria atraída por um *verdadeiro* vampiro (ao contrário de você!). O mesmo é válido para blusas polo, botas molengas, suéteres colantes e camisetas grandes demais. Nada é mais clássico e vampiro-chique do que o eterno básico:

- **ESPARTILHOS VITORIANOS.** Quanto mais fundo o decote e mais cadarços para desamarrar, melhor! Vou morrer de frio, você pensou? Lembre-se, arrepios são *excitantes*.

- **SUTIÃ PUSH-UP.** Se você é bem-dotada, meus parabéns. Se não, comece a economizar! Nada como um busto tentador para chamar a atenção para seu pescoço.

- **NADA É MAIS SENSUAL DO QUE O PAR DE BOTAS PERFEITO, VERSÁTIL E ANTIGO COM SALTOS COM CORREIAS NO TORNOZELO.** *Uh-la-la!*, é claro que não são nada práticos para correr por florestas escuras, mas antes que você desista destes itens imprescindíveis, lembre-se de que a vulnerabilidade é a questão.

- **SE NÃO FIZER MAIS NADA, POR FAVOR (POR FAVOR, *POR FAVOR!*), EVITE USAR ROSA-CLARO, AZUL-CLARO, AMARELO-CLARO, LAVANDA-CLARO...** Bom, qualquer coisa clara. Nada diz "Sou transparente" como as cores escuras! E é desnecessário dizer que você deve ficar longe de estampas (xadrez, listras etc.) como se fossem a peste. Você não quer que nada o distraia de seu palpitante, e de sangue quente, corpinho de corpete!

a cantada

Depois de conseguir o cheiro e o visual certos, você está pronta para fisgar seu vampiro.

A boa notícia: você não precisa de uma estaca para encontrar um caminho para o coração dele. Só precisa ter a iniciativa.

Quem, eu?, você está perguntando.

Sim, você.

Vampiros não tomam a iniciativa. Se quisermos você como alimento, tudo bem. Se quisermos para namorar, não. Não é de nossa natureza.

Comece falando com ele. Pode até ser algo simples, como uma boa cantada.

isto funcionará:

1. Sabe como eu chego ao cemitério? Eu simplesmente morri em seus braços.
2. Se beleza matasse, Van Helsing não teria emprego!
3. Você tem um cálice? É que eu cortei o joelho quando fiquei caída por você.
4. Se eu não conseguir chegar no meu caixão, me deixa descansar no seu?
5. É a "Marcha Fúnebre" de Purcell que estou ouvindo, ou é só o sangue correndo por minhas deliciosas veias?

isto não funcionará:

1. Você é o alho do meu pãozinho.
2. Você ilumina o ambiente. Quer ser meu nascer do sol toda manhã?
3. Os sinos tocam quando encontro você.
4. Você atravessou o meu coração como uma bala de prata.
5. Tem algum espelho na sua cripta? Eu posso me ver lá.

Gosto quando a garota toma a iniciativa. Já é bem difícil namorar uma humana — as zombarias que suporto dos meus amigos vampiros podem ser extraordinariamente cruéis. É muito bom saber que você não vai ser rejeitado. E também é muito bom ter acesso a sangue assim tão fácil.

—SIMON, 902

Nada é mais sensual do que uma respiração pesada. Quero dizer, parece que há um castelo no peito dela a cada vez que ela respira — caramba. Isso é muito excitante. E outra, quando o cheiro do sangue é muito denso, me dá vontade de lamber... Humm.

—THEO, 112

A melhor coisa é quando eu consigo salvá-la — mas não, digamos, completamente. Por exemplo, a faca está voando pelo ar e eu consigo desviá-la, mas ainda assim corta um pedacinho da orelha, então tem sangue para todo lado. Ou ela está amarrada ao trilho do trem e eu apareço de repente e a desamarro, menos, epa, uma das pernas que ainda está presa. Quero dizer, eu a quero viva. Mas ter sangue para todo lado é um bônus — quero dizer, além da beleza.

—GUSTAVO, 182

Certamente temos aqui um tema recorrente. Você pode não pensar em seu sangue como uma de suas características mais atraentes, mas é só porque esteve namorando os caras errados! Se ele não vai gostar de você por seu sangue — é a coisa que lhe dá a vida, afinal —, então como vai verdadeiramente apreciar tudo o mais em você? Ao valorizar tanto seu sangue, um vampiro está dizendo, *Eu amo a sua essência, a substância que corre por cada parte de você*. Ele ama você num nível celular. E, sim, ele também sente muita fome. Mas há um motivo para ele falar com você em vez de *jantar* você. E este, minha querida, é o amor.

Ainda assim, nem todo vampiro tem o mais puro dos interesses. Há uma expressão reveladora que diz muito sobre seu vampiro. Vamos analisá-la aqui.

"eu quero chupar o seu sangue": um exame

Então a conversa está indo bem... E de repente ele solta, "Eu quero chupar o seu sangue". A única maneira de saber se você deve desfalecer e se apaixonar profundamente ou pegar sua estaca e correr em direção ao sol é ficar atenta a que palavra ele destaca. Aqui está um guia:

❄ "eu quero chupar seu sangue."

Ele é um idiota egoísta. Tudo gira em torno da necessidade *dele*. Não espere encontrar o amor eterno com esse narcisista exigente.

❄ "eu quero chupar seu sangue."

É só isso que ele quer? A única maneira de saber é responder, "Bom, eu quero chupar a sua cara". E ver se ele a beija. Se ele se retrair de pavor, este vampiro não é para você. Se os lábios dele logo estiverem nos seus, prepare-se para cortar o alho de sua dieta por muito tempo.

✣ "eu quero chupar seu sangue."

Ele quer fazer gargarejo com seu sangue? Não. Ele quer usá-lo para assar bolo? Não. Destacar a palavra *chupar* é um sinal de muita paixão. Mas a questão é se essa paixão é por você ou só por seu sangue. De qualquer maneira, porém, significa que ele está inteiramente interessado em você, e isso é incrível!

✣ "eu quero chupar seu sangue."

Nossa! Ele está caído por você, e não só por seu sangue—ele quer você como pessoa. Ainda não compre um vestido de noiva preto, mas isto pode ser o amor verdadeiro, eterno e feliz para sempre!

✣ "eu quero chupar seu sangue."

Eca. Claramente, este vampiro só liga para o seu sangue, não para você. Embora seja legal ser desejada, isto parece uma rua sem saída para o coração desse vampiro.

À medida que a conversa continuar, você pode se ver meio desafiada. Afinal, um sábio (Proust? Liberace?) certa vez disse, "Conversar com um vampiro é muito complicado". Ele tinha completa razão. É muito complicado. Vamos encarar a realidade — nós, vampiros, somos mais velhos, mais sábios, mais inteligentes, mais cultos, mais viajados, temos mais leitura e somos mais interessantes do que os mortais. Mas não se desespere! Quando nós, vampiros, conversamos com humanos, só o que realmente queremos é que você fique deslumbrada com nosso brilhantismo taciturno e nosso gosto refinado.

você deve estar preparada para abrir mão de parte de seus preconceitos menos humanos. Embora queiramos que você arda com um leve senso de independência, não queremos controvérsias demais. Para que sua conversa com seu vampiro seja verdadeiramente excepcional, sugiro que trabalhe em algumas das seguintes frases:

- ❧ **"Sim! Adorei ir à Transilvânia nas férias de primavera! Não poderia estar mais de acordo que Acapulco seria horrível."**

- ❧ **"Não, é claro que entendo que matar meu irmão foi um acidente. Não se preocupe com isso — coisas assim podem acontecer."**

- ❧ **"Adoraria ouvir outro poema sobre como eu escovo o cabelo!"**

- ❧ **"Meu ex dirigia devagar demais para mim. Eu ficava tão frustrada quando ele se recusava a passar de 250km/h."**

- ❧ **"Quero muito um morcego de estimação. Os golden retrievers dormem de cabeça para baixo e usam ecolocalização? Rá. Duvido."**

Nem toda garota tem pés (ou língua) tão rápidos. Aprenda com os erros de suas predecessoras nos seguintes testemunhos.

Eu estava numa pet shop quando vi aquele gato. Eu queria quebrar o gelo, então disse, "Ai meu Deus, esses filhotinhos são tão lindos. Eu quase poderia comê-los!" Mas depois ele me disse que os beagles são os mais recheados e eu fugi total. Agora, pensando bem, acho que eu devia ter a mente mais aberta.
—ABIGAIL, 16

No Halloween passado, eu estava numa festa e vi aquele gato total perto da tigela de ponche — quero dizer, ele tinha 1,80m e arrasava na fantasia de Drácula que com certeza não era comprada na Target. Então fui "pegar um ponche" e elogiei a fantasia incrível, e ele me veio com essa, "Meu amor, isto não é uma fantasia, é Armani vintage da Transilvânia". Que mico!
—TRUDY, 15

Pensei que Sebastian gostasse de mim, mas fiquei preocupada que levasse um *século* para ele me convidar para sair. Então, quando cortei o joelho, andei pelo meu jardim e deixei umas marquinhas de sangue para ele. Sebastian *ainda* não ligou, e agora meu cachorro e meu irmão mais novo desapareceram. Estou tão arrasada.
—LINDSAY, 17

CAPÍTULO QUATRO

amor ao primeiro encontro

Até os imortais ficam nervosos antes do primeiro encontro. É claro que não ficamos nervosos como vocês. As palmas de nossas mãos não transpiram. Nosso estômago não se revira. Nós nunca, jamais coramos. Mas se nos importamos o bastante para ir a um encontro, importa-nos como vai acontecer. Além disso, adoramos ver como o nervosismo aumenta a pressão sanguínea de você. Isso é demais.

Seu primeiro obstáculo, evidentemente, é deduzir aonde ir e o que fazer no encontro. Não pode haver uma sobrecarga de romantismo, mas também não pode parecer despreocupada demais. Ande na linha com cuidado..

UM RECADO DA GRETA, UMA CAÇA-VAMPIROS

Independentemente do que eu disser, você ainda vai ao encontro com ele, não é? Se insiste em ir, por favor, trate de levar proteção!

- **Spray de alho.** Leve um pouco de alho e coloque em vaporizador com um pouco de água. Se ele ficar meio descontrolado, isto funcionará ainda melhor do que a estaca.
- **Azevinho.** Basta um galhinho para fazer toda a diferença.
- **Um sininho.** É, o garçom pode pensar que você o está chamando. Mas um sino tocando também tirará a mão do carinho imortal do seu joelho ou o joelho dele do seu pescoço, se for necessário.
- **Espelho de bolso.** Se ele estiver lhe mostrando uma coisa que você não quiser ver, mostre-lhe uma coisa que ele não quer ver. Também é bom para corrigir a maquiagem.
- **Uma cruz.** Você pode querer manter isto no bolso, para não ter de vasculhar a bolsa atrás dela.

manual de etiqueta para encontros com vampiros

Os vampiros não são como os outros meninos (é justamente por isso que você se sente atraída por eles!), então não espere que eles ajam como todo mundo com quem você já saiu — garotos com aqueles buquês ridículos de cravos e aquelas desculpas ainda mais ridículas. Quando sair com um vampiro, é importante ter o seguinte em mente:

pontualidade ✣ Você sempre deve chegar na hora, mas esteja ciente de que seu vampiro provavelmente se atrasará. Ele está por aqui há séculos, então é provável que os minutos e horas não signifiquem grande coisa para ele.

---

jantar ✣ Procure planejar um encontro que não envolva comida, como jogar boliche, ir ao cinema, ou outra atividade de lazer que envolva um ambiente cavernoso e sem janelas. Mas se surgir a oportunidade de comer, seja atenciosa. Pule a salada e peça um bife malpassado.

---

conversa ✣ Seu namorado já está por aqui há tempos, então estude um pouco. Crie cartões de memória para ajudar a decorar os reis e rainhas da Europa dos últimos 500 anos e certifique-se de ser versada na política romena dos anos 1600. Uma coisa que não vai querer perguntar é quantas pessoas ele devorou. Não é educado levantar o assunto do assassinato no primeiro encontro.

---

outras mulheres ✣ A garçonete está dando mole para seu vampiro? Procure não sibilar. Em vez disso, deixe virar o copo de água "por acidente". Quem terá maior probabilidade de precisar ter a vida salva regularmente? É, você venceu essa rodada.

ara dar um exemplo de como pode ser seu encontro, decidi deixar você ser o morcego na parede durante o último encontro entre uma menina mortal e uma alma imortal. Bridget, 17, é aluna do último ano do ensino médio de Millburn, New Jersey, onde é membro do grupo de carona solidária e do grupo de canto Millburnettes. Flavian, 212, é consumado escritor e filatelista, e recentemente terminou um longo relacionamento. Aqui estão as histórias dos dois.

❧ BRIDGET ❧

Eu estava supernervosa com meu primeiro encontro com Flavian. Soube que ele não saía com uma garota desde que a ex-namorada dele morreu de tuberculose em 1902, então pensei que devia apelar a um visual retrô completo, para manter a familiaridade. Usei aquele vestido de renda de gola alta incrível, mas dei uns toques modernos. Eu queria criar uma impressão de atemporalidade, entendeu? Tipo assim, "Olha só. Eu seria uma gata em qualquer século!", caso ele queira me transformar um dia.

Flavian me pegou na BMW dele, que era muito bacana, mas eu tropecei muito feio enquanto caminhava pela calçada! Foi tããão constrangedor. Tive esperanças de que ele não pensasse que eu era uma palerma.

Ele me levou para jantar, o que foi gentil da parte dele, considerando que ele não pode comer, sabe como é. A conversa foi muito interessante. Flavian me contou sobre ser criado no século XIX e como as pessoas discutiam o tempo todo porque não se podia simplesmente abrir a Wikipedia no iPhone e ficar todo cheio da verdade falando, "Eu te *disse* que as sanguessugas eram uma má ideia".

Então as coisas ficaram meio estranhas. Flavian parou de falar e só meio que me olhava comer. Pensei que podia haver comida nos meus dentes, então fui ao banheiro para dar uma olhada. Ao voltar para a mesa, passei por uma galera da escola, o que foi demais, porque eu sabia que agora *todo mundo* ia ver que eu saí com um vampiro. (Eu tenho que me sentar na cabeceira da mesa popular na semana que vem!)

Mas quando voltei à mesa, Flavian estava com uma expressão esquisita. Ele jogou o dinheiro na mesa, pegou minha mão e me arrastou para fora do restaurante. Quando perguntei qual era o problema, ele me disse que aqueles caras estavam pensando coisas "revoltantes" de mim. (P.S.: Flavian consegue totalmente ler mentes.) Achei um amor da parte dele ser tão protetor, embora eu quisesse dar mais umas mordidas no meu hambúrguer.

Voltamos para o carro e Flavian me levou para casa. Ele me beijou no rosto (tão cavalheiresco!) e deu boa-noite. Foi divertido e eu adoraria vê-lo de novo, mas não sei dizer se ele ficou interessado. Acho que vou ter de esperar para ver!

❦ FLAVIAN ❦

Quando vi Bridget naquele vestido horrendo de gola rulê, eu gemi. Para um vampiro, isso equivale a aparecer para um encontro usando um saco de aniagem. Assim, no início eu não estava muito sensível. Mas depois ela tropeçou a caminho do carro. De imediato fui afetado por sua fragilidade. Ela era tão adorável e delicada, totalmente inepta para um mundo cheio de perigos, com caminhos de cascalho e bicos de irrigadores ocultos. De repente, percebi que eu tinha de protegê-la. Eu seria seu guardião contra todas as coisas más, como sapatos com tração deficiente.

No jantar, fiquei cativado ao vê-la comendo, olhando aqueles bocados potencialmente letais de comida percorrer sua garganta adorável. A qualquer momento um deles poderia se alojar por acidente na traqueia, então decidi parar de falar e me concentrar em sua deglutição, assim eu estaria preparado para fazer a manobra de Heimlich num átimo.

Quando foi ao banheiro, Bridget passou por uma mesa cheia de meninos humanos abomináveis e cruéis, cujas cabeças estavam cheias dos pensamentos mais tolos. Um vermezinho se lembrou de que Bridget gostava de frisbee e pensou em convidá-la para ingressar no clube de frisbee da escola. Fiquei completamente nauseado. A ideia de meu precioso anjo cercada por discos voadores letais! E se um deles batesse em sua traqueia? Ou golpeasse sua têmpora? Fiquei furioso e tive de retirar Bridget do restaurante antes que ele tivesse outras ideias repulsivas em sua mente imbecil.

Levei Bridget para casa e, depois de me certificar de que ela estava lá dentro em segurança, contornei o terreno às pressas e escalei uma árvore no quintal. Fiquei sentado ali pelas últimas três noites, vigiando-a para que nenhuma fatalidade se abatesse sobre ela. Quase intervim quando ela subiu numa cadeira para pendurar um quadro (e se ela caísse?), mas resisti. Amanhã, vou lhe dar o poema épico de oitenta páginas que escrevi em honra à sua beleza. Só preciso encontrar uma expressão que rime com "encantadoras narinas" para terminar a última estrofe.

É sempre importante lembrar que as regras do encontro mudaram desde que seu vampiro tinha 15 anos (pela última vez). Pegue leve. Lembre-se, ele gosta de cavalheirismo e da corte antiquada. Ainda assim, não tenha medo de assumir riscos. Se ele tentar segurar sua mão, tenha pensamentos calorosos e vá em frente!

Para ajudar você ainda mais, coletei alguns testemunhos com meninas humanas e rapazes vampiros sobre alguns de seus encontros mais memoráveis — memoráveis porque foram completos desastres!

Wolfgang era um daqueles tipos neuróticos e paranoicos. Ele não era um vampiro frio e relaxado, como os que a gente vê na TV. Fomos a um bom restaurante e estávamos prestes a pedir o cardápio quando, por acaso, comentei "odeio essa música bate-estaca". Bom, Wolfgang não ouviu a primeira parte, só a palavra *estaca*. Ele saltou e fez uma cena e tanto enquanto saía num rompante do restaurante. Foi um erro que qualquer uma podia ter cometido!

—DELILAH, 17

Mostrei a ela meus dentes e ela me mostrou a porta.
—NICHOLAI, 333

Eu *nunca* mais vou a um encontro às cegas sem antes perguntar sobre seu "status de mortalidade"!!
—REESE, 15

Os vampiros não gostam de dançar. Ponto final.
—EUSTON, 492

Vampiros são famosos pelo jeito franco que têm de falar. Enquanto as palavras dos meninos humanos podem ter a solidez de um pedaço de carne esmagada, as nossas são como pedaços polidos de mármore. Ainda assim, embora o que falamos seja claro o suficiente para nós, às vezes seus ouvidos humanos têm dificuldade para entender o que pretendemos dizer. Esta é uma coisa que investigo ao longo do livro, mas gostaria de me concentrar aqui na linguagem dos encontros. Como você já viu, uma expressão franca como "Quero chupar seu sangue" pode ter uma multiplicidade de significados — então é importante se certificar de que você a compreendeu corretamente. Pode ser uma questão de vida ou morte.

a linguagem dos encontros: o que ele diz e o que quer dizer

ELE diz: "Você está deliciosa esta noite."
ELE quer dizer: "Você está linda esta noite."

✳ **Isto pode parecer meio estranho, mas, na verdade, é o maior elogio que ele pode lhe fazer.** Sorria e agradeça. Não diga que ele também está delicioso — isso não faz sentido. Em vez disso, diga, "Estou muito cativada por você também".

ELE diz: "Vamos a um lugar escuro, silencioso e isolado."
ELE quer dizer: "Quero conhecer você melhor."

✳ **Agora, se um menino mortal dissesse isso num primeiro encontro, você ia pensar que ele era um freak total.** Mas se um vampiro lhe disser isto, saiba que ele realmente está sendo muito doce. Ele só quer conhecer você melhor, no escuro. Não há absolutamente nada de estranho nisso. Assim ele poderá enxergar você melhor. É um sinal de que o encontro vai muito bem e ele está interessado em você (ou no seu sangue).

ELE diz: "Não estou realmente procurando uma namorada."
ELE quer dizer: "Eu só quero ter certeza de que você não quer apenas meu poder de lhe dar a imortalidade."

Os vampiros têm de ser cautelosos — às vezes as meninas os usam para se tornar mortas-vivas. Assim, quando um vampiro diz isto, ele não pretende dizer que não quer uma namorada. Na verdade, ele gosta muito de você e está tentando manter a cabeça no lugar para que você goste ainda mais dele. E sua disposição de esperar implica que você não esteja procurando por uma ficada de transformação-pela-eternidade. Considere isto um sinal de que o encontro vai muito bem!

Via de regra, os vampiros não são de extravasar. Deixamos isso para as veias abertas. Assim, quando você chegar ao final do encontro, não espere saber de imediato o que ele está pensando. Se ele não devorá-la, é um bom sinal. Se ele disser que adoraria sair em outra noite, melhor ainda. Ele não vai abrir um sorriso bobo, nem começar a chamar você por um apelido carinhoso. Não é do estilo dos vampiros, e no minuto em que você começar a esperar isso, pode ter certeza de que ficará decepcionada. Deixe que ele se expresse do jeito dos vampiros. Ele pode não lhe mandar um torpedo antes de você chegar em casa, nem aparecer com flores no vestiário de sua escola na manhã seguinte. Mas ainda há maneiras claras de você saber se seu encontro foi um sucesso ou um fracasso.

amorômetro

✢ **quente!** Ele se inclinou para seu pescoço antes da chegada do aperitivo, depois encarou-a com desejo enquanto prometia a eternidade.

✢ **morno** Ele só procurou seu pescoço *depois* que você citou seu tipo sanguíneo e só disse que gostava dos mesmos filmes de terror que você *depois* de você dizer que gostava deles.

✢ **frio** Ele só estava interessado em falar de coisas que quer fazer pela eternidade e ficava mencionando sua última namorada, com quem ele ficou por quase 200 anos.

✢ **gelado** Enquanto vocês conversavam, ele olhava outros pescoços.

decifrando o primeiro beijo

A maior recompensa de um vampiro no final do primeiro encontro é um beijo esquivo. Não há meio-termo — nada daquela confusão de abraçar e/ou apertar as mãos e/ou soquinho-no-braço que os meninos humanos gostam de fazer. Ou ele simplesmente se afasta, ou parte para cima.

Quando tudo terminou e você se despediu... Corra para casa e leia a página, para decifrar o que acabou de acontecer.

beijo na testa No mundo dos meninos humanos, o beijo na testa equivale a dizer, "E aí, sua melhor amiga me acha bonito?" Não tema, cara menina, pois é mais certo que o beijo na testa dado por seu vampiro acabe significando, "Ainda melhor é cheirar o delicioso aroma que vem do seu pescoço exposto e palpitante" **Fique ligada — certamente vem mais por aí!**

beijo nos cabelos Você pode pensar que o beijo nos cabelos indica que seu vampiro está sendo doce e um tanto romântico. Na realidade, seu batimento cardíaco deve subir mais do que quando você está malhando na esteira da sua mãe na velocidade máxima. **Este é o beijo que diz, "Chega mais, minha lindinha!"**

beijo na orelha Não se deixe seduzir por este, talvez o mais tentador e perturbador dos beijos. Cuidado! Seu vampiro, infelizmente, não está prestando atenção em você; ele simplesmente ouve muito (muito!) intensamente o fluxo de seu sangue quente e picante pulsando por seus tímpanos. **Aja com cautela.**

✢ **beijo leve nos lábios** Foi acidental? Não acreditamos! Com os vampiros, *nada* é acidental. **Pode comemorar, porque este é considerado um dos mais eróticos beijos de vampiros.**

✢ **passar a língua** As coisas estão andando rápido. **Você deve perguntar a si mesma, "Se ele estiver disposto a trocar saliva, será que o sangue vem depois?"**

✢ **roçar no pescoço** Este, é claro, é a fina flor dos beijos de vampiro. Se você questiona esse beijo ou as intenções dele, recomendamos que volte ao Capítulo Um deste livro e comece tudo de novo. Caso contrário, considere-se selada por este beijo! Se ele começar a perambular, está na hora de reavaliar sua técnica. Se ele ficar em um só lugar, meu bem, você tem um verdadeiro apelo aos mortos-vivos! Não é que ele esteja apenas querendo você — ele também está disposto a se conter por você. **Preste muita atenção ao que vier antes e depois.**

Roçar no pescoço seguido por beijo na orelha: Ele está entediado.
Roçar no pescoço seguido por beijo na testa: Polegar para baixo, garota. Ele já sabe o que há e não gosta do cheiro que sente.
Beijo nos cabelos seguido por um beijo leve nos lábios e depois um roçar no pescoço: Comece a se despedir de seus amigos e familiares!

Se você sobreviveu ao primeiro encontro com sua vida e seu amor intactos, então está pronta para avançar ao nível seguinte: um relacionamento pleno. Na próxima parte, mostraremos como navegar por estas águas traiçoeiras (e às vezes sangrentas!).

amor ao primeiro encontro ✢ 63

PARTE DOIS

agora que você o pegou, segure-o!

CAPÍTULO CINCO

vampiros são da Transilvânia, meninas são da Pensilvânia

Você conseguiu colocar um pé na cripta — agora precisa se assegurar de que pode manter o fascínio. Mesmo que nós, vampiros, saibamos de imediato que seremos desesperadamente dedicados a você, não somos muito de verbalizar. Mas cremos firmemente na cortesia — guardando distância suficiente para o mistério, mas não o suficiente para sofrimento.

Não apresse as coisas. Seja daqui a uma semana ou dois séculos, você lembrará com carinho daquelas noites eufóricas de voo pelo ar — e daqueles dias reconfortantes dentro de casa com todas as cortinas fechadas, vendo filmes antigos enroscada no sofá. O amor não é só terno nos momentos explícitos de declarações envolventes e perigo prolongado. Também pode ser terno nos atos simples e pequenos da relação a dois.

Já consigo ouvir suas palavras trêmulas e pouco confiantes em meu ouvido: *Vlad, como posso ser boa o suficiente para um vampiro? Quando ele irá perceber que eu sou só uma garota comum enquanto ele é uma rapsódia impecável, desavergonhada e explícita de perfeição vampírica?*

Não mentirei para você — ele tem muita coisa que você simplesmente não tem. Mas isso não quer dizer que o jogo acabou antes de ter começado! Depois de conquistar o coração dele, terá o controle da situação. Chamamos isso de *laço de sangue* — quando um vampiro está disposto a abdicar de seu conhecimento superior, a vasta experiência, os poderes sobrenaturais e a aparência de astro de cinema para ter o afeto de uma menina humana. Se você o fez chegar até lá, ele é seu, todo seu, e todos os seus talentos nada impressionantes serão perdoados, eclipsados pela chama da devoção imorredoura dele.

A chave é você continuar interessante e jamais tornar sua inferioridade aparente *demais* para ele. Neste quesito, sou seu humilde conselheiro e (com muita frequência) a única esperança.

Primeiro, vamos começar pelo fato inegável de que ele é muito, muito mais velho do que você. Sei que isto é uma coisa em que você não quer pensar — quem quer se ligar a alguém da idade de seu tataravô? —, mas felizmente a bela e chocante aparência de jovem que ele tem a fará esquecer que ele é mais velho do que qualquer construção em que você já esteve (a não ser em viagens internacionais). Se ele estiver fazendo um bom trabalho de parecer menos velho, você precisa continuar a parecer mais jovem. Aqui estão algumas dicas que podem ser úteis.

Dez dicas para namorar um homem muito, muito, mas muito mais velho

Seu vampiro pode lançar um olhar inexpressivo quando você falar em *High School Musical*... Ou em torradeiras. Para minimizar os mal-entendidos e maximizar seu apelo aos vampiros, dê uma olhada nestas dicas.

1 ✳ Comece a ler

Quantos séculos os vampiros podem passar ouvindo os humanos fazendo as mesmas perguntas idiotas? *Eu fico gorda com essa toga/espartilho/macacão de veludo? Onde quer comer depois da execução pública/teatro/cinema?* Vá à biblioteca e peça um livro que nunca foi retirado dali. Você pode deslumbrá-lo com seu conhecimento dos hábitos de acasalamento dos vagalumes!

2 ✳ Seja ativa

Seu vampiro namorou as mulheres mais bonitas dos últimos 300 anos... Mas não deixe que isso a intimide. É claro que aquelas mulheres passavam quatro horas por dia se arrumando, mas confie em mim, é um verdadeiro *tédio* observá-las fazendo bordado o dia todo. Exiba sua vitalidade ingressando numa equipe esportiva e convidando seu vampiro para ir aos jogos, ou qualquer outra coisa que lhe dê um ar saudável.

3 ✳ Use a nova matemática

Se sua mãe suspeita de algo depois de seu vampiro falar alguma coisa sobre o governo Reagan ou a guerra de 1812, esteja preparada para explicar, "Bom, Bertram é dois anos mais velho do que eu, o que significa que ele nasceu em 1798. Ei, o que temos para o jantar?"

4 ✣ aprenda sobre o passado dele

Seria superesquisito convidar seu vampiro para passear por Gettysburg se por acaso ele, hum, deixou a mortalidade para trás durante a Guerra Civil americana. Evite obrigá-lo a reviver momentos dolorosos, como guerras sangrentas ou a época em que ele perdeu uma oportunidade precoce de investir na Microsoft.

---

5 ✣ assista a uma maratona de séries e filmes de época

Não que isso tenha relação direta com seu vampiro, mas as peças e cenários antigos explicarão alguns comportamentos estranhos dele, como por que ele desafiou seu parceiro de laboratório a um duelo depois que ele a "desonrou" ao não devolver o lápis que você emprestou a ele.

---

6 ✣ mantenha suas discussões no presente

Se começar a se lembrar de quando você tinha 10 anos, isso só o fará se sentir velho. E, ao mesmo tempo, se você começar a falar do que planeja para a vida adulta, ele também ficará deprimido — uma vez que ele nunca terá a experiência de seus 20, 30, 40, 50, 60 anos e assim por diante. Não num corpo certo, pelo menos.

---

7 ✣ jogue fora aquele short curtinho

Lembre-se que, quando seu namorado foi criado, as mulheres que exibiam tornozelo demais eram consideradas imorais.

---

8 ✣ ensine-o a adotar a tecnologia

Acessar o Skype do conforto de seu caixão exige muito menos da paciência (para não falar do cabelo) do que sair em dia de mau tempo.

9 ✤ dê presentes originais

Com o passar dos anos, ele recebeu dezenas de fotos emolduradas, centenas de poemas, incontáveis mechas de cabelo e talvez um ou dois pavões albinos. Angelina Jolie achou que estava sendo muito original quando deu a Billy Bob um frasquinho de sangue. Seu vampiro provavelmente namorou a trisavó dela e ainda tem o sangue para provar. Certifique-se de que você está oferecendo algo que ele nunca recebeu, que seja pessoal e, de preferência, que tenha sido feito por você!

10 ✤ seja uma mulher do século XXI

Ele pode ter sido criado em uma época em que qualquer mulher que soubesse a raiz quadrada de 64 era queimada na fogueira por bruxaria, mas isso não quer dizer que seja necessário abandonar seus princípios feministas. Salvar você de cair em um ninho de víboras curiosamente plantado? Tudo bem. Carregar você em seus braços sobre rachaduras na calçada? Nem tanto.

Preciso de uma garota que faça com que eu me sinta jovem de novo. Sabe como é, quando você não pode se olhar num espelho, às vezes perde de vista como sua aparência é incrivelmente viril. Você começa a sentir o peso da idade em vez de olhar para ela. Assim, se uma garota pode refletir sua juventude, ela é atraente. Até que comece a envelhecer, é claro. Depois disso é deprimente.

—AJAX, 832

os erros mais comuns quando se namora um vampiro

É difícil conseguir um vampiro, mas também é notoriamente difícil mantê-los... Pelo menos até que você os enfeitice com sua mortalidade sedutora e vulnerável. Para facilitar este processo, há erros comuns que você pode evitar quando namorar um vampiro.

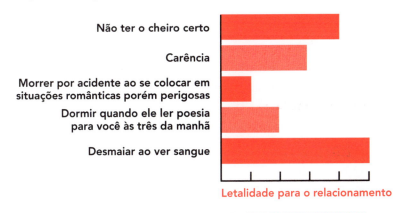

> Quero um relacionamento que seja como uma cobra mordendo o próprio rabo — nunca se sabe onde uma pessoa começa e a outra termina, só que é um círculo contínuo de devoção, com sangue, dentes e, a certa altura, dor.
>
> —CASSIUS, 112

sua concorrência

Quando estiver começando a namorar, é importante que você saiba com quem — e, se for de uma espécie diferente, com o que — você está lutando quando competir pelo afeto de seu vampiro.

✤ rainha do baile

Ela é popular e bonita, mas não se preocupe. Por algum motivo e por tradição, os vampiros estão mais interessados em matar a rainha do baile do que em namorá-la. Mesmo que você a tenha coberto de sangue de porco, não pode esconder o fato de que ela é uma caloria vazia para a pirâmide alimentar de um vampiro.

NÍVEL DE AMEAÇA: BAIXO

✤ líder de torcida

Atlética, poderosa e cheia de vigor, a líder de torcida seria uma concorrente difícil. Por sorte, os vampiros tendem a evitar líderes de torcida porque muitas são caça-vampiros disfarçadas.

NÍVEL DE AMEAÇA: BAIXO

✤ garota do grupo de teatro

Cheia de angústia e com uma apurada visão da beleza, a garota do grupo de teatro às vezes chamará a atenção de seu vampiro. Mas em geral não por muito tempo — ela adora os holofotes, mas claramente ele deve fazer o papel principal em qualquer relacionamento.

NÍVEL DE AMEAÇA: MÉDIO

✻ presidente do diretório acadêmico

Os vampiros não costumam procurar as atrevidas, mas não despreze a presidente do diretório acadêmico com muita rapidez. Seu fervor o divertirá e ele achará a ingenuidade de suas pequenas ambições humanas um tanto, digamos, adorável.

NÍVEL DE AMEAÇA: ALTO

✻ vampira

Ela é tão linda que você deve cobrir os olhos para se proteger do brilho de sua perfeição. Ela viu séculos de sofrimento, então apela totalmente à melancolia dele, e ela não acha secretamente a cripta dele só um pouquinho horripilante nem precisa de quatro xícaras de café para ficar acordada a noite toda. Triste menininha mortal, você não pode ter esperanças de prender a atenção dele se os olhos de seu vampiro caírem numa vampira.

NÍVEL DE AMEAÇA: MUITO ALTO

✻ garota nova

Você não vê o que há de tão especial nela, com sua falta de jeito, seus resmungos e sua incapacidade de ficar viva sem supervisão constante. Mas os vampiros não conseguem resistir ao cheiro de sangue novo. Sua única esperança é que todas aquelas experiências de quase morte finalmente a alcancem e ela quebre o pescoço antes que ele parta seu coração.

NÍVEL DE AMEAÇA: ALERTA VERMELHO!

Nem sei quantas vezes meninas me procuraram dizendo, *Vlad, como faço isso? Não sou digna!* E sempre me limito a dar um tapinha em suas carinhas e dizer, "Nada de choramingar! Choramingar é inconveniente! Você tem beleza! Tem sangue! Tem outras virtudes que não são evidentes para mim agora! Ânimo!"

Conseguindo saber as necessidades de seu vampiro

Todo relacionamento envolve concessões. De sua parte, pelo menos. Se quiser ficar com um vampiro, deve adotar algumas de suas diferenças... e compensar seus pontos fracos sendo condescendente com os pontos fortes.

✤ Sono

Ele não precisa dormir e você não quer ser considerada uma dorminhoca. Nos primeiros meses inebriantes, de vez em quando ele pode gostar de ver você dormindo. Mas é sempre mais divertido se você finge dormir, "por acaso" murmurando o nome dele enquanto arqueia o pescoço. (Preciso mesmo lhe explicar como fazer essa jogada?)

Porém, sei que o pequeno vaso de carne fraca que é seu corpo precisa descansar... O que fazer, então? A resposta, minha amiga mortal, está nos cochilos e na cafeína.

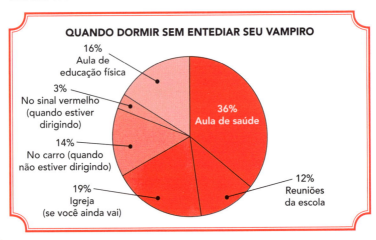

QUANDO DORMIR SEM ENTEDIAR SEU VAMPIRO

- 16% Aula de educação física
- 3% No sinal vermelho (quando estiver dirigindo)
- 14% No carro (quando não estiver dirigindo)
- 19% Igreja (se você ainda vai)
- 12% Reuniões da escola
- 36% Aula de saúde

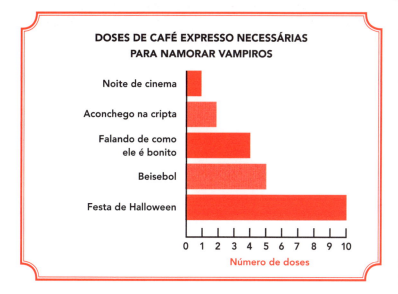

✹ Sangue

Há algum matadouro em sua cidade? Que bom. Vista uma capa de chuva e planeje passar algum tempo na seção de abate. Você vai precisar reprimir sua ânsia de vômito se estiver apaixonada por um sanguessuga. Nada afasta mais rápido um vampiro de suas refeições sangrentas e saborosas do que uma menina mortal vomitando ao fundo.

✹ frio

Você está congelando de frio, mas ele adora esse frescor. Você quer passar a eternidade aninhada nos braços dele, mas é frio. Um frio ártico, gélido, polar. Seu corpo ficará tentado a tremer, mas não faça isso. Não há nada de sexy numa namorada hipotérmica. Assim, comece a treinar a tolerância ao frio agora. Comece colocando o ar-condicionado na temperatura mais baixa, depois passe aos banhos frios. Quando estiver craque em banhos gelados, ele talvez considere você aceitável.

cozinhe para seu vampiro

Nem sempre você tem de sair com seu vampiro — alguns dos melhores encontros podem acontecer em casa. Não na sua casa, é claro — a não ser pelas visitas ao seu quarto no meio da noite (só para olhar!), ele não gosta realmente de ficar na sua casa. Assim, em vez de seu lar, é hora de você visitar a cripta dele — e mostrar que pode preparar uma boa refeição.

Todos sabemos que só há uma substância que pode dar as calorias que seu vampiro deseja. Uma lanchonete e um restaurante italiano não atendem às necessidades de um vampiro... A não ser que o cara atrás do balcão tenha um talho grande e aberto no corpo. Quando se trata de comer, pense em seu vampiro como um garoto que tem um monte de alergias alimentares esquisitas. Mas se você fizer um de seus pratos favoritos, ele não conseguirá resistir a dar uma mordida na iguaria que você preparou à perfeição. Aqui estão algumas receitas que o farão achar que está comendo do caldeirão da mamãe na Transilvânia.

OBSERVAÇÃO: Estas são apenas para vampiros. Não prove!

milk shake de laranja-de-sangue

O que tem nesse nome? Huum, se liga, simplesmente o ingrediente preferido dele! Para não falar que é frio e refrescante como o coração dele. Esta delícia pode ser feita *sans sang*, assim você também pode desfrutar, mas acrescente o ingrediente ao prato dele para conseguir que as papilas gustativas do seu vampiro formiguem.

INGREDIENTES

1 xícara de hemoglobina, sem polpa (ou suco de laranja)

1 laranja-de-sangue, descascada e cortada em pedaços

½ xícara de iogurte natural

1 xícara de gelo triturado

1. Bata a hemoglobina ou o suco de laranja (que tédio!) e a laranja-de-sangue em um liquidificador até que a laranja se desmanche.
2. Acrescente o iogurte e bata.
3. Lentamente, acrescente metade do gelo e bata bem. Despeje o resto do gelo e misture até que fique cremoso.
4. Saboreie!

✣ pudim negro

Como o sangue é um componente fundamental desta salsicha (e as melhores salsichas são feitas com sangue *fresco*), ele sem dúvida vai querer meter as presas nisso. O pudim negro é um dos alimentos mais reconfortantes que você pode dar a ele... Além de sua própria jugular.

INGREDIENTES

1 litro de sangue (de cordeiro, porco ou donzela, se disponível)
300 g de gordura
1 cebola média, picada miúda
½ litro de leite
1 xícara de cevada cozida
1 xícara de aveia em flocos
Uma pitada de sal e pimenta
Tripas para salsicha

1. Preaqueça o forno a 150 graus.
2. Misture os ingredientes (exceto as tripas) em uma tigela grande.
3. Recheie as tripas de salsicha.
4. Encha a assadeira com água pela metade.
5. Asse as salsichas no forno por uma hora e meia.
6. Sirva quente, resfriada ou grelhada.

✣ bloody mary virgem (versão tradicional)

Não o lembre das implicações históricas do nome do drinque. Ele pode associar à rainha Maria I, a que supostamente deu nome à bebida, ardendo na fogueira. Para o caso de qualquer um dos amigos ou parentes dele terem sofrido este destino, saboreie o gosto, não a história!

INGREDIENTES

1 xícara de suco de tomate (ou sangue)
½ xícara de suco de limão
¼ colher de chá de molho inglês
⅛ colher de chá de molho de pimenta (não apimentado demais — lembre-se, ele tem papilas sensíveis!)
Sal e pimenta a gosto
Cubos de gelo

1. Misture todos os ingredientes, exceto o gelo, em uma coqueteleira.
2. Agite, depois sirva em um copo gelado sobre cubos de gelo.
3. Tintim!

✣ bloody mary virgem (versão vampiresca)

INGREDIENTES

1 virgem chamada Mary

1. Drene.
2. Sirva.

decifrando torpedos e e-mails

A essa altura, você deve estar curtindo — afinal, você tem o companheiro ideal para ficar ao seu lado nos dias que caminham para a morte inevitável. Mas ele está interessado nisso? Pode ser difícil de saber, porque até que um vampiro esteja completamente apaixonado, você não pode contar que ele proclame sua devoção imorredoura sempre que gostar do filme que você escolheu ou da piada que você fez.

Na ausência de elogios verbais, você deve confiar no rastro de palavras que ele deixa em seus torpedos e e-mails.

❉ mensagens de texto

ELE digita: Oh, minha mais frágil das amadas humanas, não suporto ficar longe de você sequer por um segundo. Vou escalar os picos mais altos para me ver mais uma vez em seus braços.

ELE quis dizer: Kd vc?

ELE digita: Estou em agonia, dilacerado entre meu amor por você e o medo de que não consiga me reprimir. Sua carne me chama como uma mão incandescente na escuridão opressiva. Devo me afastar.

ELE quis dizer: Te ligo depois.

ELE digita: Ocupado hj. Te ligo amanhã.

ELE quis dizer: Encontrei alguém melhor. Perto do sangue dela, você cheira a repolho em decomposição. Fique em paz, humana.

vampiros são da Transilvânia, meninas são da Pensilvânia ❉ 79

e-mails

Minha amada,

Esta noite estou em um dos antigos chalés de família nas montanhas, sentindo sua falta — anseio por sua proximidade como o mar quer a lua. A neblina amortalhou minhas janelas, mas, no alto dos picos, as estrelas cintilam como os olhos de tantos vampiros sedentos. A caçada nestes últimos dias foi um esporte produtivo e agradável — por certo, ficar aqui é sempre divertido e nós decidimos ampliar a estada por mais um tempinho. Anseio segurá-la junto de mim e ouvir seu delicado coração batendo, amada, e anseio fazer tal coisa já. Até esta preciosa hora,

do seu,

Gareth

Amada? Dê uma olhada nas outras correspondências dele para ver se ele reserva esta saudação só para você, ou se ele também chama a dentista de "amada".

Ele não fala especificamente no país, impossibilitando qualquer espiada via Google Earth. Safado!!

Metáfora poética. Bom sinal.

Ele parece decepcionado, mas os vampiros são como a névoa e adoram tudo que tem a ver com mortalhas.

Ele esteve ansiando por um tipo sanguíneo diferente do seu! Não é um bom sinal.

Sem dúvida nenhuma ele não está sozinho!

INTERPRETAÇÃO: Este vampiro não está só. Está bebendo um sangue que não é o seu, e ele não lhe disse onde está ou quando voltará a olhar pela sua janela. Você tem muitos motivos para ficar desconfiada, mas antes que o confronte com raiva, respire fundo algumas vezes. Não há nada que os vampiros odeiem mais do que uma humana controladora. Bom, a não ser aqueles muquiranas no banco de sangue que se recusam a dar amostras grátis.

Você tem sorte porque tem uma coisa que um vampiro jamais terá: intuição feminina! Precisa usá-la agora para entender se seu namoro casual está se tornando um romance formal. Ele começou a segui-la a toda parte? Ele aparece até quando você pensa que está a pelo menos uma hora de distância de carro? Quando você tropeçou com o dedão do pé, ele estava ali de imediato para levá-la a sua aula seguinte? Quando outra menina a atormenta, ela acaba morta na aula seguinte? Sim, se um humano fizesse isso, você ia chamar de assédio. Mas se um vampiro faz isso, não é de se estranhar! É um ótimo sinal de seu interesse imorredouro.

Ainda assim, uma coisa é ir a alguns encontros de vez em quando, outra bem diferente é comprometer-se com um relacionamento de verdade. Depois que você começar a chamá-lo de seu, um monte de coisas vem junto no pacote. Não me leve a mal — é um pacote emocionante, sem dúvida. Mas você o quer por risco próprio. Está preparada para isso?

Então vocês saíram por mais ou menos um mês e as coisas estão ficando ~~quentes~~ frias e pesadas. Ele aparece para jantar (você come, ele olha), e você começou a passar fio dental religiosamente para se certificar de que aqueles incisivos durem para sempre. Mas seu amor imortal está apenas em sua mente, ou vocês estão prestes a se tornar os Brangelina dos mortos-vivos?

Faça as contas e veja se você e seu vampiro estão prontos para passar um século juntos — ou se vocês não passariam do poente de amanhã — vendo quais afirmativas nas seguintes colunas se aplicam mais estritamente a seu relacionamento.

MARQUE O QUE SE APLICA A VOCÊ DA ✤ coluna a

____ Na Macy's, você sempre pensa em comprar as luvas térmicas extraquentes para manter suas mãos aquecidas por todo aquele dar de mãos doce como açúcar!

____ Você cronometrou seus beijos para evitar qualquer coisa maior do que dez segundos — a zona de perigo. Que romântico!

____ Você se livrou do complexo de "comi mais alimento sólido do que meu namorado", que tinha quando começou a namorar com ele.

____ Vocês dois partilham uma risadinha quando pedem a identidade dele nos filmes de conteúdo adulto.

____ Quando você lamenta não ter ido ao baile da escola, ele diz: "Não se preocupe — haverá pelo menos outros quinhentos."

MARQUE O QUE SE APLICA A VOCÊ DA ✳ **coluna b**

_____ Os pais dele ainda se surpreendem ao vê-la (viva) na casa deles.

_____ Ele às vezes comete um deslize e chama você pelo nome da ex-namorada (você achava que ele se esqueceria de uma garota que conheceu há três séculos).

_____ Você está mais acostumada com o olhar vidrado de seu gato do que com o de adoração dele.

_____ Vocês nunca discutem o futuro, como o que você vai fazer quando chegar o século que vem.

_____ Quando você liga para ele de madrugada, ele diz que não pode sair porque está "cansado".

✳ CONCORDA PRINCIPALMENTE COM A COLUNA A

Tudo bem, então vocês podem ter algumas coisinhas menores a resolver, como a história de encarar e perseguir — mas isso não é problema! Os dois se entendem bem e dão sinais de que estão prontos e dispostos a fazer deste um relacionamento amoroso saudável (mais ou menos) e normal (de certa forma!).

✳ CONCORDA PRINCIPALMENTE COM A COLUNA B

Se você se vê concordando com mais afirmativas da Coluna B, tire aquela base branca do seu rosto e vá para a balada. Está na hora de voltar ao mundo humano, antes que seu nome seja uma entrada desbotada no livrinho negro dele... Ou em uma lápide.

❧

Se você chegou até aqui, está preparada para levar o _affair_ com seu vampiro a sério. Os riscos podem valer a pena... se ele continuar a fim de você.

vampiros são da Transilvânia, meninas são da Pensilvânia ✳ 83

CAPÍTULO SEIS

aumenta a pressão sanguínea

Ah, o amor juvenil! Embora não me aconteça há séculos, ainda me lembro da emoção de conhecer alguém com quem ter um relacionamento. Nada é melhor do que as longas conversas, as caminhadas ainda mais longas e a sensação de que vocês estão falando uma língua que só os dois entendem plenamente. A eternidade empalidece perto disso. Então, naturalmente, você quer extrair o máximo da relação quando a tem.

Tenho 99% de certeza de que posso adivinhar sua reação ao título do capítulo: *Vlad, o que quer dizer com chegar ao nível seguinte?* Não estou falando de nada sórdido ou sexual — o tipo de coisa que os meninos humanos querem dizer quando lhe imploram para "partir para o nível seguinte". Não, estou falando do tipo mais importante de intimidade: a intimidade das almas. Humanos e vampiros são semelhantes em um aspecto: *namorar* e *amar* não são a mesma coisa. Você agora deve deixar o reino do primeiro e tentar atingir os píncaros do último.

Primeiro você e seu vampiro devem ter "A Conversa", certificando-se de que nenhum dos dois está vendo outra pessoa/vampiro/lobisomem etc. Você não quer que ele coloque as mãos (ou os dentes) em outra garota, e ele não quer você tendo casos com seus colegas de turma ou qualquer outro admirador sobrenatural que venha a cortejá-la. Vocês devem ser francos. Mais tarde, ele vai resistir uma eternidade com uma garota (ver Capítulo Nove), mas quando seu amor estiver em plena floração em sua proverbial face, ele também estará ocupado demais lambendo seus lábios para que os olhos fiquem vagando por aí. (Experimente fazer seu olhar vagar enquanto lambe os lábios — é muito, muito difícil).

Você ficará tentada a criar o que Kurt Vonnegut certa vez chamou de "uma nação de dois". (Vonnegut não estava escrevendo sobre vampiros quando cunhou a expressão, mas imagino que acharia divertido usá-la neste contexto.) Você sabe — ou logo saberá — como é ser a metade da população de uma nação de dois; você quer se isolar de todo mundo e não consegue entender por que não deixam você e seu vampiro em paz. Você deve refrear este impulso. No futuro, vai precisar de seus amigos e familiares, assim não os abandone com muita frequência. Você também vai precisar conhecer os amigos e os parentes dele — uma perspectiva assustadora, eu sei, mas essencial.

Apresentar Alaric a minhas amigas — está brincando?! Ele pode ser um vampiro, mas minhas amigas são sanguessugas de verdade. Se me virem com um gato como Alaric, de repente todas vão querer fazer esfoliação no pescoço. Quem precisa de concorrência?

—MANDY, 15

Conhecer os amigos da minha ex-namorada foi a experiência mais inimaginavelmente tediosa e monótona de meus últimos 150 anos. Encontramo-nos na praça de alimentação de um shopping, então eu não tinha nada para fazer, a não ser afundar em minha cadeira enquanto as amiguinhas dela e seus namorados enfiavam carne morta goela adentro. A música aguda arranhava meus ouvidos sofisticados e acho que meu olfato ficou um tanto prejudicado nas semanas seguintes. Eles não queriam discutir a situação da economia, a política na Europa oriental nem a política da ONU para o aquecimento global com relação aos dois polos — na verdade, só pareciam interessados no "jogo" que aconteceria na semana seguinte. Insuportável. Além de tudo, as amigas dela usavam camisetinhas curtas e indecentes que dificultaram, mesmo com meu autocontrole de aço, fazer outra coisa além de encarar aquelas sedutoras jugulares.

—TRISTRAM, 346

estratégias para conhecer os amigos dele

Se seu vampiro quer apresentar você aos amigos dele, significa que ele realmente gosta de você e não tem planos imediatos de beber seu sangue. (Os vampiros só apresentam as namoradas, não as ficadas casuais ou os lanchinhos.) Mas é importante causar boa impressão. Os amigos dele podem não aprovar o fato de ele namorar uma humana, então você terá de lhes mostrar que tem mais a oferecer do que uma veia delicada. Aqui estão algumas dicas.

---

1 ✳ **RESPIRE FUNDO ALGUMAS VEZES E PROCURE REDUZIR O BATIMENTO CARDÍACO.** É uma grosseria se aproximar de um grupo de vampiros com uma pulsação acelerada. É como oferecer um bolo ao amigo e depois enfiá-lo na própria boca.

---

2 ✳ **FALE DEVAGAR.** Comparada com a reserva lânguida deles, sua tagarelice a fará parecer uma chihuahua esganiçada. Fale em tom baixo e procure eliminar qualquer sugestão de entusiasmo da voz.

---

3 ✳ **NÃO SE PREOCUPE SE AS VAMPIRAS PARECEREM ANTIPÁTICAS.** Ou furiosas. Ou como se quisessem enfiar um canudo por sua garganta e transformar você num copão humano. Sabe as veteranas que sempre odeiam as calouras que namoram meninos mais velhos? Agora multiplique isso por 300 (anos) e entenderá por que Arabella e Imogen não querem ser suas amiguinhas.

---

4 ✳ **ENCONTRE MANEIRAS DE ELOGIAR OS VAMPIROS POR ALGUMA COISA QUE NÃO SEJA A APARÊNCIA.** Fique à vontade para dizer a Brutus que gostou de sua apresentação de luta no show de talentos. Ou fale a

Alastair o quanto admira seu trabalho filantrópico pelos hemofílicos.

5 ✶ ANTES DA REUNIÃO, ENTRE NA INTERNET E PESQUISE ALGUMAS BANDAS INDIE LOCAIS. Os vampiros gostam de todas as coisas *underground*, assim, certifique-se de ter alguns nomes para citar.

6 ✶ É IMPORTANTE MANTER A CALMA. Jamais emita vibrações de vítima ou presa. Permaneça ereta. Não fique se remexendo. Procure não piscar excessivamente. Não engula a seco com muita frequência. Não se encolha com ruídos altos. Na verdade... Conhecer um grupo de vampiros é como encontrar um urso pardo faminto. Basta se fingir de morta.

7 ✶ USE MUITO PRETO. Isto afirma: "Eu também sei como é ser profunda e torturada. Minha camiseta preta reflete inteiramente as trevas que tenho por dentro. Ou quem sabe são as trevas por fora...?" Na dúvida, limite-se a fechar a carranca.

8 ✶ RIA DE TODAS AS PIADAS DELE, MESMO AQUELAS SOBRE MUTILAR HUMANOS. Você não vai querer passar por nervosinha!

9 ✶ NÃO DESMAIE. Sim, você pode estar cercada por um mar de corpos divinos, cabelos perfeitos, lábios sedutores em sorrisos sarcásticos e o ar irresistível de desdém arrogante, mas trate de se comportar.

10 ✶ APIMENTE A CONVERSA COM REFERÊNCIAS À MORTE OU OUTROS TEMAS IGUALMENTE DEPRIMENTES. Por exemplo, "Isso me lembra da noite que passei lendo Emily Dickinson no cemitério, pensando na inevitabilidade da morte". Ou, "Quem quer ver a exposição sobre as pestes? Soube que ainda dá para ver o olhar de angústia dos cadáveres mumificados!".

Foi ótimo apresentar [meu namorado] Tarquin a minha família! Eles não faziam ideia de que ele era "mortalmente deficiente". Antes de ele chegar, retirei algumas cruzes, joguei todo o alho no lixo e tranquei Smoothie, nosso Lulu da Pomerânia, só por segurança! Tarquin chegou vestindo a roupa que eu tinha escolhido para ele. Troquei sua capa por uma camisa polo azul que realçava de verdade suas olheiras!

Minha mãe convidou Tarquin para jantar conosco. Eu disse a ela que ele ficaria feliz em se sentar com a gente, mas que não podia comer porque está seguindo uma dieta de desintoxicação sobre a qual leu no blog da Gwyneth Paltrow. Nós quase ficamos numa saia justa quando meu pai perguntou sobre os planos de Tarquin para a faculdade. Tarquin começou a explicar que já tinha pós-graduação, quatro mestrados e dois doutorados, mas eu me intrometi e mudei de assunto.

Depois do jantar, todos jogamos Imagem & Ação, e tudo foi muito bem até que era a vez de Tarquin desenhar. Depois de alguns minutos, percebi que ele estava desenhando um cadáver mutilado caído pela lateral de um caixão, então disse, "Ah! Que canoa ótima, Tarquie!" e inventei a história de que Tarquin passava todo verão levando crianças pobres em viagens de canoagem. Meus pais ficaram muito impressionados!

—EMMA, 17

Você está pronta para apresentá-lo à sua família?

1. **Quando você fala sobre seus pais, ele:**
   a. Parece nervoso ou franze os lábios de repulsa.
   b. Parece curioso e faz perguntas.
   c. Não altera a expressão em seu rosto de mármore cinzelado.

2. **Que frase você ouve de seus pais com mais frequência?**
   a. "O que seu namorado novo mais gosta para o jantar?"
   b. "Divirta-se, querida. Não volte muito tarde."
   c. "Você não para em casa há semanas. Precisa parar de ver esse rapaz."

3. **Você estava preocupada que ele conhecesse sua irmã porque:**
   a. Ela vai bancar a idiota, dando mole para ele.
   b. Eles não têm nada em comum para conversar.
   c. O pescoço dela é bem mais bonito do que o seu!

4. **Como é o relacionamento dele com os pais?**
   a. Eles são muito íntimos — afinal, família que se mantém unida permanece unida.
   b. Eles não entendem o filho incrivelmente lindo, extraordinariamente conservado e sedento.
   c. Ele tem pai e mãe? Nunca soube disso...

5. Qual é a pior coisa que você pode imaginar sobre seu namorado vampiro conhecendo seus pais?

a. Tratarão ele com condescendência (ignorando sua inteligência óbvia). Ou, pior, mostrarão a ele suas fotos constrangedoras de bebê!

b. Nada demais. O senso de humor incrível (e sarcástico) dele vencerá qualquer coisa.

c. E se ele cometer um lapso e falar que vê você dormir toda noite?

6. Que palavra com a letra A ele usou até agora?

a. "Amo", como em "Eu amo o quanto você admira minha poesia".

b. "Almoçar", como em "Eu adoraria ~~almoçar você~~ almoçar com você".

c. "Amada", como em "você é minha amada".

7. O jantar pode ser um desastre porque:

a. É tão esquisito ver todo mundo se dando bem — em geral seus pais odeiam seus namorados.

b. Ele ignora os biscoitos que sua mãe assou para a sobremesa e parte direto para a jugular de seu irmão mais velho!

c. Seu pai pergunta do nada por que você pediu para não colocar alho na comida aquela noite.

8. Há quanto tempo vocês estão namorando?

a. Não muito — só algumas noites lindas de luar.

b. Mais tempo do que seu último relacionamento, mas não a eternidade... Ainda.

c. Alguns meses perigosos, mas excitantes!

⊱ **pontuação** ⊰

ATRIBUA PONTOS A CADA RESPOSTA::

1. **a.** 0 **b.** 2 **c.** 1 **2.** **a.** 2 **b.** 1 **c.** 0 **3.** **a.** 1 **b.** 2 **c.** 0 **4.** **a.** 2 **b.** 1 **c.** 0

5. **a.** 0 **b.** 2 **c.** 1 **6.** **a.** 1 **b.** 0 **c.** 2 **7.** **a.** 2 **b.** 0 **c.** 1 **8.** **a.** 0 **b.** 2 **c.** 1

❄ DE 0 A 5 PONTOS

Sem pulsação! Seus pais não gostam que você passe tanto tempo com ele. Seu namorado vampiro fica completamente desanimado com a ideia de conhecer sua família. Por que você sequer *pensa* em apresentá-lo à sua família? Por ora, é melhor manter esse relacionamento na cripta e longe da mesa de jantar.

❄ DE 6 A 11 PONTOS

Leve ataque cardíaco. Talvez o vampiro que você deseja seja possessivo demais para conhecer as outras pessoas de sua vida. Talvez seus pais ainda não estejam animados com a ideia de você passar a eternidade com ele. De qualquer maneira, pode ser melhor esperar antes de levá-lo para jantar em casa. Dê a ele alguns meses (ou alguns séculos) e até lá todos devem se entusiasmar. Ou todos estarão frios em seus túmulos. Tanto faz.

❄ DE 12 A 16 PONTOS

Sangue bombando! Você conseguiu virar as presas dele de tal maneira que ele ficaria feliz de atravessar continentes ou combater todo um bando de lobisomens por você... Ou até ter a coragem de conhecer seus pais. E depois que ele concordar, você tem certeza de que sua beleza sobrenatural e personalidade aveludada os encantará — talvez você finalmente consiga aquele toque de recolher ao amanhecer que pediu tanto!

Meu pai nunca aprovou meu namoro com vampiros. "Eles não são da nossa espécie! Vampiros devem ficar com vampiros, e humanos devem ficar com humanos", disse ele enquanto me proibia de levar um para casa. Depois eu levei Will como "um amigo". Papai e ele se entenderam tão bem que foram para o quintal e jogaram futebol! Depois, quando perguntei a meu pai se tinha alguma objeção ao meu namoro com Will, ele disse: "Claro que não! Ele é incrível!" É óbvio que ele superou seus preconceitos contra vampiros a ponto de ir com a cara (pálida) de um deles.

—HARMONY, 17

Depois de trocar exibições másculas de força bruta com o pai de Harmony, eu disse à mãe dela que seu armário do século XIX lembrava o de minha mãe. Logo estávamos falando de antiguidades, enquanto o pai de Harmony acendia a churrasqueira. Peguei minha carne hiper mal-passada e deixei o pai dela vencer quando ele me desafiou a "uma quedinha de braço" depois da refeição. Eles nunca me perguntaram sobre as presas.

—WILL, 254

dez coisas a evitar a todo custo quando conhecer a família dele

Você conhece os seus pais muito bem. Mas a família dele... Bom, eles estão por aqui há encarnações inteiras antes de você. Viram muitas outras meninas chegando e saindo, antes até que tivessem a chance de digerir a presença delas. Aqui está uma lista de dez coisas que você não deve fazer em nenhuma circunstância neste primeiro encontro.

---

1 ✦ **SE VAI FALAR DE ATUALIDADES,** atenha-se ao nível nacional ou global. O noticiário local é sempre repleto de implicações infelizes (por exemplo, "Soube do cara que foi encontrado morto perto do rio?" ou "Já viram aqueles cartazes de um cavalo desaparecido colados por toda a cidade?").

---

2 ✦ **NÃO FAÇA PIADA DE SUA EXPRESSÃO MELANCÓLICA.** Uma menina que conheci reagiu perguntando, "Quem morreu?" e logo a resposta foi: ela mesma.

---

3 ✦ **NÃO USE ESSAS PALAVRAS E EXPRESSÕES** durante a conversa ao jantar: *cego feito um morcego, sem sangue nas veias, arreganhar os dentes, lua cheia, exposição solar, vegetariano, conde Chócula.*

---

4 ✦ **SE VOCÊ VAI JANTAR NA CASA DELE,** certifique-se de levar um presente. Infelizmente, um vidro de geleia ou uma garrafa de vinho não funcionam. Pense mais na linha de "sacrifício ritual" — vá a um açougue pegar os "restos" e os embrulhe em um belo tecido floral, assim você cairá nas graças

de uma família de vampiros. Mas tenha cuidado — nunca dê algo que você mesma não vai querer mastigar. Porque se você se recusar a comer o que colocarem na sua frente, bem, pode vir a ser o prato principal.

5 ❈ **VISTA-SE DE FORMA CONSERVADORA** e, se tiver cortes ou feridas abertas, cubra com esparadrapo (a não ser que estejam na sua cara; neste caso, você deve colocar três camadas de Band-Aid cruzados um sobre o outro).

6 ❈ **NUNCA EXPRESSE CURIOSIDADE DEMAIS** sobre quando e como seu vampiro "nasceu". As perguntas inadequadas incluem: "Como vocês souberam que ele devia se transformar em morto-vivo?"; "Como ele era quando criança... Antes de vocês o transformarem em vampiro?"; e "Eles envelhecem tão rápido, não é...? A não ser, é claro, quando não envelhecem."

7 ❈ **NÃO PEÇA PARA VER FOTOS DA FAMÍLIA.** Eles não têm nenhuma. E se quiser tirar uma foto como lembrança, não use *flash*.

8 ❈ **SEMPRE PERGUNTE ANTES AO SEU NAMORADO COMO OS PAIS DELE GOSTAM DE SER CHAMADOS.** Você pode achar que é "sr. e sra. Lestat", mas pode ser que eles sejam Sir e Madam, Monsieur e Madame, duque e duquesa, czar e czarina, ou simplesmente Steve e Jo.

9 ❈ **COM OS IRMÃOS, NUNCA PERGUNTE QUEM É O MAIS NOVO E QUEM É O MAIS VELHO,** porque toda a questão é muito complicada e você não quer ter de esclarecer nada com a pergunta: "Qual de vocês foi morto primeiro?"

10 ❈ **NÃO USE NENHUMA ROUPA COM IMAGEM DE GATINHO, CACHORRINHO, PÔNEI, ELEFANTE OU LINGUIÇA.** (Em geral, esta regra também vale para a sociedade mortal.)

Depois de conseguir que a família e os amigos dele recebam bem o relacionamento de vocês, pode voltar por um tempo à sua nação de dois. Se quiser ficar nesta relação por um prazo longo (e quero dizer um prazo muito longo), você precisa demonstrar a ele que jamais o relacionamento será tedioso e que ele ainda estará apaixonado por você em 2109, como a ama agora. Sem pressão!

Se quiser continuar a despertar o interesse dele, você terá de se esforçar! *Mas Vlad*, dizem algumas meninas lamurientas, *isso é muito difícil!* Bom, princesa, quem foi que lhe disse que namorar um vampiro seria moleza? Não fui eu! Você está pedindo para cativar a criatura solteira mais cobiçada de toda a criação — no mínimo, é melhor está preparada para adotar alguns hobbies novos.

torne seu quarto mais simpático a vampiros

Cansada de sempre voltar para a cripta dele? Mostre a eles que você quer que ele vá à sua casa, tornando seu quarto mais agradável a vampiros. Suas opções de decoração também dão uma ótima oportunidade para mostrar as qualidades que fazem de você a namorada ideal para um vampiro.

---

janelas

Procure instalar janelas que possam ser abertas de fora. Nada frustrará mais seu vampiro do que chegar para ver você dormir por uma hora (ou oito) e terminar trancado do lado de fora.

---

a cama

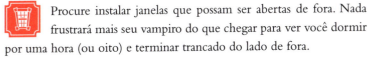

Evite edredons grossos que abafem a satisfação e o som delicioso de seu coração. Privá-lo desta alegria é como dar a ele protetores auriculares durante uma sinfonia, ou cobrir seu nariz enquanto você passa por um acidente de carro particularmente pavoroso.

---

iluminação

Reduza a intensidade da luz do teto e invista em velas. A luz suave e bruxuleante a tornará profunda e contemplativa, mesmo que você só esteja tentando lembrar onde deixou o carregador do iPod.

---

estantes

Seus livros expressam muito sobre você. Um exemplar de *Romeu e Julieta* grita, "Sou louca por essas histórias de amor malfadados. Os finais trágicos são demais". *O morro dos ventos uivantes* sugere "Adoro romances tempestuosos. Eu amo você! Eu odeio você! Eu sou você! Vamos ficar deprimidos na charneca". Um exemplar surrado de *O retrato de Dorian Gray* anuncia, "De jeito nenhum me desanimam os homens que trocam sua alma pela beleza e juventude eternas". As oportunidades para manipular seu vampiro são infinitas.

---

bagunça

Pense em "caverna completa" quando estiver fazendo a faxina. Quanto mais cavernoso puder fazer com que seu quarto pareça, mais confortável será para ele.

---

arejando a cripta

Lembre-se, seu vampiro é mais sensível do que os meninos humanos. O nariz dele se franzirá ao cheiro de seu spray "refrescante de primavera" e seu difusor de baunilha o fará contrair a barriga de náusea. Se quiser que ele se sinta relaxando em uma floresta desolada, experimente uns cheiros almiscarados. Mofo, bolor, terra úmida e folhas podres são componentes essenciais da aromaterapia vampiresca.

---

espelhos

Você terá de aceitar a palavra dele quando ele elogiar as bolsas escuras e sedutoras sob seus olhos encantadores. Os espelhos são terminantemente proibidos, então livre-se deles na faxina.

uma playlist perfeita para seu vampiro

Uma das melhores maneiras de mostrar a seu vampiro que você quer ficar com ele para todo o sempre é preparar um mix que ele vai adorar por toda eternidade. As seguintes músicas devem fazer a diferença.

1. Annie Lennox, "Love Song for a Vampire"
2. Concrete Blonde, "Bloodletting (The Vampire Song)"
3. Suzanne Vega, "Blood Makes Noise"
4. Ash, "Vampire Love"
5. Vampire Weekend, "I Stand Corrected"
6. Coldplay, "A Rush of Blood to the Head"
7. Fright Ranger, "Oh Oh Oh Sexy Vampire"
8. Editors, "Blood"
9. Bon Iver, "Blood Bank"
10. Jonny Greenwood, "There Will Be Blood"
11. Say Hi to Your Mom, "These Fangs"
12. Arcade Fire, "Vampire Forest Fire"
13. Razorlight, "Blood for Wild Blood"
14. White Lies, "To Lose My Life"
15. Marilyn Manson, "If I Was Your Vampire"
16. Tori Amos, "Blood Roses"
17. Kronos Quartet, "The Crypt"
18. The Bangles, "Eternal Flame"
19. Rob Pattinson, "Never Think"
20. Evanescence, "My Immortal"★

★ Também existe uma versão infantil desta música, caso seu vampiro goste desse tipo de coisa.

CAPÍTULO SETE

você de coração quente, ele de olhar gelado

Como o sangue, o amor às vezes coagula. E, sim, às vezes é fatal, especialmente quando envolve seu coração. Mas em outras ocasiões o coágulo simplesmente passa, se você lidar com ele da maneira certa.

Os relacionamentos de vampiros são cheios de insegurança. (Espero jamais ter lhe dado a entender outra coisa.) Isso já vem no pacote. Se quiser namorar um vampiro sensual e taciturno, vai acabar acordada na cama à noite fazendo-se perguntas como: *Minhas veias são grandes o bastante? Ele ainda gosta do meu cheiro? Por que ele não retornou meu telefonema?*

Mas não se preocupe (pelo menos não antes de chegar ao Capítulo Nove). O jeito de um vampiro é misterioso e tende a provocar alguma insegurança. Os comportamentos seguintes são comuns em vampiros e geram as maiores ansiedades nas meninas. Se estes comportamentos normalmente a apavoram, lembre-se, **não é você; é porque ele é um vampiro.**

uma interpretação do seu vampiro

melancolia

Ele fica encarando o vazio com uma expressão infeliz? Não reage a sua interessante história sobre o que você e sua melhor amiga, Jenny, compraram no shopping? Que bom! **Assim são os vampiros felizes: eles remoem.**

possessividade

Ele é muito ciumento e possessivo? Quando você está com um amigo, ele aparece de repente e o intimida? Se for assim, ótimo! Quando os meninos humanos fazem isso, em geral é porque são uns idiotas inseguros. **Mas quando os vampiros agem assim, eles a amam!**

preguiça

As meninas confundem o desejo dos vampiros de passar o dia entre quatro paredes com preguiça. Ah, tá. Alguém preguiçoso realmente dispara de Boston a Montreal no meio da noite só porque estava com desejo de um AB– sabor maple syrup canadense? **Seu vampiro não é preguiçoso; ele só não quer sair para velejar com você e seus amigos.**

não comer

Não é porque ele está aborrecido ou preocupado que não consegue engordar. É porque ele não come. **Ele bebe sangue. A essa altura, você já devia saber muito bem.**

A comunicação é um beco escuro de mão dupla — existem comportamentos seus que ele também não compreende. Navegue por eles com cuidado.

você de coração quente, ele de olhar gelado �֍ 101

Quem vai pegar bebida de uma vaca e volta com leite? Nunca vou entender os humanos.

—LEMUEL, 203

Por que a maioria dos humanos sempre pergunta o que há de errado? Não há nada de errado — eu sou um vampiro! Tenho que ser reservado e rabugento.

—GUSTAVO, 182

A respiração de Mandy na hora de dormir é alta demais. Ela faz isso direto. Não consigo fazê-la parar. (Bom, tem um jeito...)

—ALARIC, 223

Sempre digo a ela que não é minha culpa que eu tenha uma visão tão boa. O caso é que posso ver cada porinho no nariz de Agnes, e... bom... acho isso muito revoltante.

—WILHELM, 118

quando um olhar gelado é mais do que apenas um olhar gelado?

É importante saber a diferença entre a irritação corriqueira de seu vampiro com sua humanidade e a completa irritação com você em particular. Encare a realidade — você não pode deixar de ser humana e, se ele estiver disposto a procurá-la, é provável que ache alguma coisa encantadora em seu eu mortal. Assim, se ele tem problemas, é necessário encará-los em vez de apenas reclamar do fato de você ser uma mixórdia de ser que respira, come, defeca. Caso desconfie de que seu vampiro está perdendo o interesse, este questionário de verdadeiro ou falso revelará o que fazer.

1. Quando você pergunta se ele quer sair, ele encara o chão e murmura alguma coisa sobre precisar estudar para a prova de geometria porque, sabe como é, acrescentaram umas formas novas desde a última vez em que ele esteve no segundo ano. **verdadeiro / falso**

2. Você diz a ele que vai começar a dormir com a cortina arriada e as janelas fechadas... E ele não se importa. **verdadeiro / falso**

3. Ele pega o celular e grita, "O quê? A casa está pegando fogo, o cachorro está preso num poço e você não consegue encontrar o controle remoto da TV? Chegarei aí em um segundo!", mesmo quando você nem ouviu o telefone dele tocar.
verdadeiro / falso

4. Quando você sugere um passeio romântico pelo mausoléu, ele convida os amigos para irem juntos. **verdadeiro / falso**

5. Você percebeu sangue de outra no colarinho dele.
verdadeiro / falso

6. Se você fala em eternidade, ele começa a falar em agendar férias sozinho para ver a trisavó da tataravó dele em Praga. **verdadeiro** / **falso**

7. Ele lhe deu um iPod de aniversário que inclui as músicas "Born to Run", "Miss Independence" e uma música arranhada chamada "You're Too Sexy for Your Vampire". **verdadeiro** / **falso**

8. Seu vampiro começou a mandar torpedos em vez de telefonar para você ou aparecer voando pessoalmente. **verdadeiro** / **falso**

9. Ele não segura mais sua mão em público porque ela é "quente demais". **verdadeiro** / **falso**

10. Na semana passada, ele lhe mandou um exemplar de *Os sobrenaturais garanhões desconhecidos: Um guia feminino para pensar fora da cripta*. **verdadeiro** / **falso**

pontuação

❅ SE VOCÊ RESPONDEU A MAIORIA "VERDADEIRO"

Crave uma estaca nisso, este relacionamento simplesmente acabou. Você já apareceu cheirando a alho, usando blusas cor-de-rosa ou dizendo a ele que pode levantar objetos pesados sozinha? Refreie qualquer comportamento independente e jogue fora os repelentes de vampiro de imediato. Se a situação não melhorar de pronto, é hora de abater este relacionamento (ver Capítulo Onze).

❅ SE VOCÊ RESPONDEU A MAIORIA "FALSO"

Tem certeza de que não mentiu? A mancha no colarinho dele não era chocolate, meu bem. Ainda tem certeza? Bom, então comece a planejar o futuro — ele está pensando na eternidade! Você pode exagerar um pouco a vulnerabilidade para acelerar o processo, mas ele deve estar pronto para transformar você em breve!

o que ele diz e o que ele quer dizer

Se você quiser saber como vai o relacionamento, precisa prestar atenção a cada palavra que sai de seu semblante estoico e intenso. Às vezes a linguagem dele é perturbadoramente direta (por exemplo, "Eu te amo desde sempre e para sempre", ou "Está na hora de matar você... até o fim"). Em outras vezes, o sentido das palavras pode não estar muito claro. Por isso é bom que você tenha um vampiro como eu para explicar o significado.

ELE diz: "Estou com muita sede."

ELE quer dizer: "Acho que preciso ver outras pessoas — ou pelo menos beber delas. Porque se eu quisesse tomar um longo trago de você, não estaria lhe dizendo que estou com sede, estaria fazendo alguma coisa para resolver logo isso."

ELE diz: "Você é linda como o luar."

ELE quer dizer: "Vou me refrear como um cavalheiro, mas quero destruir você como um animal selvagem."

ELE diz: "Você é meu raio de sol."

ELE quer dizer: "Garota, você está me matando! Preciso sair. Agora."

ELE diz: "Me sinto petrificado."

ELE quer dizer: "Tudo está perfeitamente normal. Vamos continuar o namoro."

ELE diz: "Já quis que eu fosse um lobisomem?"

ELE quer dizer: "De vez em quando, numa lua cheia, eu também posso ficar inseguro. Mostre-me um pouco mais que me ama."

você de coração quente, ele de olhar gelado ✦ 105

coisas românticas que ele deve fazer

É importante entender se ele é um Romeu de verdade! Aqui está como um vampiro mostra que, se pudesse, o coração dele bateria por você.

---

1 ✖ vigiar seu sono

Para ele, você é uma florzinha de carne humana e ele gosta de passar cada segundo ouvindo a música de seu sangue bombeando — mesmo enquanto você dorme. Assim, não ronque, não tenha bafo matinal, nem se coce de forma constrangedora.

---

2 ✖ comprar coisas para você

Um fato pouco conhecido sobre os vampiros: eles são *podres de ricos* (em especial se vêm da nobreza da Transilvânia). É provável que seu vampiro esteja sentado numa pilha de tesouros (literalmente uma pilha de moedas de ouro, em geral — ele gosta de rolar sobre elas).

---

3 ✖ aninhar-se

Eis aqui tudo de que vai precisar: dois travesseiros tamanho gigante (o corpo dele é como pedra). Uma manta térmica (a pele dele é como gelo). Duas almofadas térmicas (uma para cada pé). Um gorro de lã. Hora de se aconchegar!

---

4 ✖ compor baladas de amor

Provavelmente ele foi amigo de Shelley e fala com adoráveis e antiquados "vós" e "por conseguintes", assim não vire a cara se quiser sua vida mortal comparada a um pôr do sol fugaz. Pontos a mais se ele tocar violão.

5 ❋ matar outras pessoas

Ele tem fome, mas é atencioso. Assim, não vai devorar você, e sim seus inimigos!

6 ❋ partilhando o tempo dele

Ele segue você à aula, fica ao seu lado a noite toda. Está presente quando você acorda e quando dorme. Até precisa de permissão para ir ao banheiro! É assim que uma menina sabe que é especial.

7 ❋ levar você para voar

O vento corta seu rosto e o chão gira lá embaixo. Você sente frio e náuseas, mas suas amigas ficam com muita inveja! (Observação: Será um tanto desconfortável se ele assumir a forma de morcego durante o voo.)

8 ❋ falar na eternidade

Você pensou que falar de passar a eternidade juntos seria realmente romântico, mas em vez disso ele é surpreendentemente pragmático. Em vez de descrever uma pequena cripta no bosque, ele fala de brechas nos impostos imobiliários.

9 ❋ levar você para jantar

Não há nada mais chato para um vampiro do que um restaurante. (A não ser que o garçom seja um lanchinho.) Assim, é superespecial quando ele a leva para jantar. Comida não é a praia dele. E bater papo à toa também não. E lugares lotados o deixam em pânico. Assim, você deve apreciar muito esse gesto!

Mas, Vlad, diz você, *o que posso fazer para me equiparar à colossal grandeza de um namorado vampiro? Não posso dar a ele caronas nas costas à toda velocidade até a aula nem matar os inimigos dele (porque eles já estão mortos). Acho que ele vai pensar que não sou tão romântica quanto ele!*

Bom, sim, é um medo inteiramente válido. Mas não fique tão desesperada. Você pode:

✴ **SURPREENDÊ-LO** deixando uma pilha de livros de sudoku no peitoril da janela, o que o ajudará a passar o tempo enquanto você dorme.

✴ **PEGAR UMA CAIXA DE CHOCOLATES** e encher os quadradinhos com amostras de seu próprio sangue. Para variar o sabor, experimente comer diferentes alimentos antes de furar o dedo. Quer mostrar a ele seu lado apimentado? Tome umas colheradas de molho Tabasco. Ansiosa para revelar sua doce natureza interior? Comece a se empanturrar de mel!

✴ **CIRCULAR UM ABAIXO-ASSINADO PARA PROIBIR O ALHO** em todos os supermercados e restaurantes de sua cidade.

✴ **APRENDER SKYDIVING,** o que mostrará a ele que você está pronta e disposta a cair das alturas, mesmo em um espartilho que restringe seus movimentos.

✴ **DORMIR O DIA TODO** e ficar acordada com ele a noite inteira. É, suas notas vão despencar e você vai perder todos os seus amigos. Mas o que é tudo isso diante da imortalidade? Seus olhos vão se adaptar ao escuro — e seu coração vai se acostumar ao escuro também.

✴ **APRENDER UMA NOVA LÍNGUA,** como o romeno! Aprenda pelo menos umas expressões simples, "Me morde", "Sua para sempre", "Malpassado, por favor", "Ai, que dentes afiados você tem!"

✴ **ESCREVER UM POEMA!** Se precisar de ajuda, use o guia ao lado.

poesia para seu vampiro

---

no estilo preencha as lacunas

Preencha cada espaço em branco com as palavras que melhor descrevem seu vampiro e em poucos minutos você terá um poema romântico que ele certamente vai amar para sempre (ou pelo menos até que você comece a se decompor.)

Amado _____ ,
  o nome do seu vampiro

Como sua pele _____ eu adoro
  cintilante, forte como rocha, suave

Da ponta de seus dedos _____ ao queixo de requinte sonoro.
  gélidos, gelados, frios

Quero a eternidade inalando seu hálito _____ e glorioso
  mentolado, fresco, floral

Transforme a mim antes que o fim humano me venha insidioso!

Quando o vejo, meu coração cheio de _____ começa a transbordar
  amor, desejo, êxtase

Minha alma e cada gota de meu sangue _____ vou lhe dar.
  doce, apetitoso, apimentado

---

você de coração quente, ele de olhar gelado ✶ 109

no estilo faça-você-mesmo

Se quiser seguir seu próprio caminho, aqui estão algumas rimas úteis para você usar.

VAMPIRO
Inspiro, transpiro, tiro, papiro, suspiro, adenoviro

SANGUE
Exangue, mangue, gangue, bumerangue, ylangue-ylangue

ETERNO
Inferno, inverno, interno, caderno, paterno (mas este pode ficar meio esquisito)

FRIO
Rio, casario, delírio, sombrio, calafrio (*não* use pé-frio)

PRESAS
Defesas, framboesas, mesas, princesas, surpresas, sobremesas

LUA
Nua, rua, crua, perua, recua, falcatrua

MORTO-VIVO
Obsessivo, altivo, aperitivo, enjoativo, ano letivo, sangue O negativo...

como celebrar as festas com seu vampiro

Vamos chamar os feriados de *festas*, uma vez que ele provavelmente estava acostumado a comemorar se enchendo de sangue fresco. (Sua família provavelmente não vai gostar que ele pinte sangue de cordeiro na sua porta na Páscoa para poder lamber quando vocês forem para a cama.) Aqui está como comemorar com o morto-vivo de seus sonhos!

✤ véspera de Ano-novo

Não solte fogos no Ano-novo — o som a deixará beijando a brisa à meia-noite enquanto ele rumina em silêncio no cemitério mais próximo. Recomendamos não fazer nada de especial nesta data. É só um lembrete do quanto ele é velho e ele provavelmente vai ficar mais rabugento do que o normal.

✤ dia de São Jorge

Em alguns países, a festa cristã marca a primeira vez em que as ovelhas foram retiradas do pasto na estação. Ah, e todo mal do mundo supostamente está livre para varrer a terra ao soar a meia-noite. Não importa — faça dela uma festa romântica! Saiam para um passeio pelo interior numa carruagem de madrugada e façam um piquenique sob o céu nevoento — ele vai adorar o sangue de cordeiro fresco!

✤ solstício de inverno

Que melhor alternativa ao Natal e ao Festival das Luzes? Jogue fora as luzes de Natal e os piões de hanuká junto com as latkes para comemorar a noite mais longa do ano. Você vai ficar acordada a noite toda se rejubilando com a glória das trevas e da melancolia.

você de coração quente, ele de olhar gelado ✤ 111

✤ dia das bruxas

Todos os espíritos estão saindo dos sepulcros e os amigos e familiares mortos dele certamente se unem a sua *soirée*. É provável que eles não comam muito, por isso o foco deve ser a decoração. Uma vez que você provavelmente já tem um estabelecimento simpático a vampiros, acrescente alguns toques extraespeciais, como algumas teias de aranha e um pouco de névoa — seus convidados se sentirão em casa. Experimente alguns jogos de Halloween para animar! Pegar maçãs com a boca — as presas são uma mão na roda aqui —, prender alfinetes na foice do Anjo da Morte e bater numa *piñata* de Van Helsing.

Por ora, você certamente percebeu que qualquer coisa que possa fazer, um vampiro fará muito melhor, quer seja escrever um poema, pegar maçãs com a boca ou parecer distante e fabulosa. Você sempre será a carne moída do filé mignon dele, o papel higiênico genérico de dupla camada dele, a Mandy Moore da Kelly Clarkson dele. Porém, há uma atividade em que os humanos superam seus irmãos imortais: trabalhos manuais. Certifique-se de mostrar seu lado artístico a seu vampiro. Ele ficará menos inclinado a lhe trocar por uma *upgrade* se souber que você vai tornar seu caixão um lugar aconchegante e confortável.

Não entre em pânico — existem muitos trabalhos manuais que não roubarão muito tempo e ainda permitirão que ele vele seu sono ou tire você de situações perigosas. Confeccionar seu próprio tecido pode ser difícil, a não ser que você more numa comunidade amish. Até tricotar um suéter para ele levaria tempo demais. Mas uma viagem rápida à loja de artesanato pode lhe garantir linha para bordar, tela e agulhas, e então estará pronta para fazer para ele um lindo ponto de cruz. Bônus: deixe que ele admire suas mãos graciosas enquanto trabalha e você ainda pode ganhar uma canção sobre os delicados nós de seus dedos!

bordado para vampiro

Aqui está uma cruz que não vai transformá-lo em pó — um ponto de cruz! Use dois fios de linha na agulha — no padrão a seguir, o x significa fazer um ponto cheio, e / significa fazer só a primeira metade, do canto inferior esquerdo ao canto superior direito do ponto.

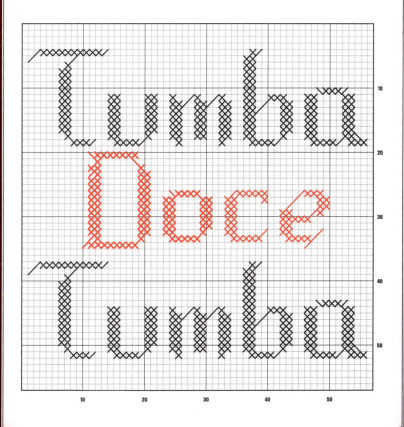

Quer ele esteja perto ou distante, goste de poesia ou de trabalhos manuais, não há garantias de que seu vampiro continuará interessado. Se você realmente acha que o desejo dele está começando a esmaecer, pode ter de recorrer a medidas mais radicais.

Meu namorado vampiro adora me salvar — é uma das coisas que mais o excitam. Sempre que acho que ele está ficando meio entediado com a relação, gosto de tropeçar e cair diante de uma carreta e deixar que ele me salve. Sempre funciona maravilhosamente.
—LUCY, 16

Não vou à igreja há uns cinco anos. Liguei para minha avó e disse que queria ir à missa de sábado à noite com ela. Ela quase desmaiou, mas isso é outra história. O que quero dizer é que isso deixou meu vampiro louco. Ele ficou todo assim, "Mas você não pode fazer isso comigo!", aí eu disse: "É, eu sei, mas preciso explorar minhas alternativas." (E aí, que tal essa fala?!) O tempo todo em que estava na missa, eu podia vê-lo contornando a igreja, lançando sombras por todos os vitrais. Foi tão romântico! E ele me queria *total* depois disso, entendeu? Recomendo enfaticamente entrar em contato com seu lado religioso para deixar seu vampiro maluco.
—REESE, 15

reservando tempo para si mesma

Nada mostra mais amor próprio do que lembrar de tirar um tempo para si mesma. Afinal, se você não se renovar, relaxar e ficar *forte*, como pode esperar que seu vampiro veja que você é obviamente a garota dos sonhos de seu morto-vivo? Ninguém gosta de uma Ninguém, então passe algum tempo sozinha com aquele alguém especial — você! Não se esqueça de que a ausência (em doses pequenas) pode deixar o coração de gelo dele mais quente. Reserve algum tempo para si mesma e ele vai ficar ainda mais extático ao ver você no dia seguinte!

❄ relaxe

Todas aquelas madrugadas fazendo você se sentir uma paranoica iludida? Relaxe com um chá de ervas (não precisa de cafeína!), música suave e um livro popular de vampiros. Você vai dormir em menos de dois minutos, atraindo certo alguém a sua janela, então planeje com antecedência. Nada de pijama velho!

❄ brinque

Depois de meses de planejamento, tramas e embelezamentos cuidadosos, aqui está sua chance de recuperar o ânimo saindo ao ar livre e sendo espontânea! É claro, não seja espontânea *demais*. Passe uma boa quantidade de protetor solar, use roupas que cubram cada centímetro quadrado do seu corpo, coloque aquele chapéu de aba extralarga para ter uma proteção a mais e não se esqueça dos óculos de sol! Agora saia daí!

você de coração quente, ele de olhar gelado ❄ 115

✠ veja suas amigas

Lembra daquelas pessoas com quem você costumava sair? Talvez você lhes tenha passado bilhetes durante a aula, ou se sentado com elas no almoço, ou tomaram o café da manhã juntas no fim de semana. Elas provavelmente ainda estão por aí, perguntando-se onde você tem andado. Hora de retornar alguns telefonemas e verificar o status online. Você provavelmente descobriu algumas lojas com ótimos espartilhos vintage — talvez sua melhor amiga (qualquer que seja o nome dela) queira fazer umas comprinhas.

✠ tenha uma noite "você"

Namorar um vampiro pode esgotar uma garota. Ele é um espécime impecável de perfeição física, mas os mortais têm de malhar muito para ser tão perfeitamente sarados. Se vocês se veem toda noite, você está sob pressão para ter a aparência perfeita o tempo todo. Tire uma noite! Feche as cortinas para o caso de ele estar olhando de fora e tome um banho longo e quente. Faça as unhas dos pés e pinte-as de uma cor diferente das unhas das mãos. Amasse um abacate para uma máscara facial sem se preocupar que ele veja você verde. Leia algumas daquelas revistas que ele odeia, ou abra um romance de Anne Rice onde ele não possa ver você. Acenda velas aromatizadas que sejam fortes demais para o sentido sobre-humano de olfato, e relaxe em seu pijama mais confortável — tudo bem se for o mais feio também!

✠ faça as coisas que não pode quando ele está por perto

Faça um gargarejo com água benta — não vai querer beijá-lo esta noite! Aquele colar com o crucifixo? Coloque! Alho na pizza? Vai fundo. Tire todos os seus Band-Aids e areje aqueles arranhões. Abra as cortinas e deixe o sol entrar. Alegre-se com sua mortalidade — enquanto pode.

afirmações de relacionamentos

Namorar um vampiro pode ser difícil. Mas levante a cabeça, humana! Experimente essas afirmações para domar os sentimentos de dificuldade que possa ter durante seu relacionamento.

dominada pela inadequação geral

Eu não passo de uma reles mortal. Ele não pode esperar demais de mim.
Eu não passo de uma reles mortal. Ele não pode esperar demais de mim.

ao flagrá-lo num olhar infiel

Eu *posso* ter uma semana antes que ele me largue!
Eu *posso* ter uma semana antes que ele me largue!

preocupada que ele possa matá-la

Meu sangue deve ser um nojo!
Meu sangue deve ser um nojo!

Depois que estiver namorando por tempo suficiente, surgirá a questão da eternidade. Que sorte a sua, então, que ela também apareça no próximo capítulo!

CAPÍTULO OITO

Seu ardor é uma chama eterna?

A eternidade... é muito tempo. Acredite em mim, eu sei. Para vocês, mortais, é fácil. Quando dizem, "Até que a morte nos separe", estão falando de no máximo uns cem anos. Os vampiros podem esperar esse tempo pela consulta com o dentista — um século não é nada para nós. Quando vocês dizem que querem ficar com um vampiro para todo o sempre, querem dizer... para todo o sempre. A única maneira de isto acontecer é ele lhe dar a dentada (i)mortal que você espera. Mas primeiro você deve pesar os prós e contras de tomar o caminho da imortalidade.

prós e contras de se tornar vampira

prós

- Você viverá tempo suficiente para descobrir que o futuro parece **o mundo de WALL-E**.

- **Você não tem que ser legal** com as pessoas de quem não gosta. Estimula-se o sibilar!

- **Um hálito natural de hortelã.** Pense em todo o dinheiro que vai economizar de Listerine.

- **Você será a maior gata da escola** (incluindo Caitlin e seu nariz novo totalmente falso).

- **Notas máximas direto** no momento em que estiver no ensino médio pela quinta vez.

contras

- Mesmo que você seja a maior gata da escola, **Caitlin não estará viva para ter inveja de você.**

- **Ver todos os animais ameaçados de extinção sendo extintos.** Você pode realmente viver em um mundo sem o porco-do-mato filipino? Não, acho que não.

- Lembra como você ficou enjoada de comer gelatina quando nasceu seu dente de siso? Agora imagine **não beber nada além de sangue por 3 mil anos.** E ele nem vem em "azul amora".

- **A noite de Barry Manilow** no *American Idol* vai ficar realmente velha lá pela 214ª temporada.

- *High School Musical 81.*

seu ardor é uma chama eterna? �֍ 119

está preparada para se tornar vampira?

1. Até que ponto você e seu namorado vampiro são íntimos?
- **a.** Ele passa toda noite escrevendo sonetos sobre a luz das estrelas refletidas em suas pálpebras.
- **b.** As coisas vão bem — não é sua culpa não entender o que ele quer dizer quando começa a falar em estilo arcaico — o que ele faz o tempo todo.
- **c.** Superíntimos! Ele ama você e a família dele também. Você acha uma graça o irmão mais novo dele ter uma queda por você, embora ele pareça querer beber seu sangue.

2. Durante a semana, quantas noites seu vampiro passará olhando pela sua janela?
- **a.** Toda noite — a não ser que ele entre e você durma em seus braços frios.
- **b.** Você só percebe que ele está ali algumas noites por semana.
- **c.** Toda noite — a não ser que ele esteja em outro lugar, caçando vítimas menos adoráveis.

3. O que mais incomoda você em seu relacionamento?
- **a.** O beber sangue, o sotaque da Transilvânia, a melancolia, o fato de que você não pode ir à praia com os amigos...
- **b.** É difícil porque ele é noturno — você está gastando todo seu dinheiro com Red Bull.
- **c.** É terrível que você tenha de dormir, e ir à escola, e comer, e fingir ter uma vida normal — você só quer ficar com seu vampiro o tempo todo!

4. Quais são seus planos para os próximos anos?

a. Tornar-se morta-viva e ficar com seu namorado... para sempre.

b. Curtir com seu namorado vampiro, sair para caminhadas no meio da noite e tentar não ser a presa de vampiros do mal que querem matar você.

c. Formar-se no ensino médio, ir para a universidade e trabalhar em uma sorveteria do bairro neste verão.

5. Qual seria a pior coisa em ser morta-viva?

a. Que toda aquela história de beber sangue seja algo meio nojento.

b. Nada que seu namorado faz seria ruim — os vampiros são lindos e indizivelmente românticos!

c. Não poder se olhar no espelho, não poder sair ao sol, beber sangue, ser compelida a escrever poesia o tempo todo... A lista é interminável.

6. Por que você quer ser vampira?

a. Você está começando a se perguntar isso. Beber sangue e matar pessoas de certo modo apaga os aspectos mais bacanas.

b. Por tudo! Pele perfeita, roupas incríveis, castelos antigos charmosos e ficar com seu namorado pela eternidade!

c. Seria legal correr tremendamente rápido e pular bem alto.

7. Você já: (marque tudo o que for verdadeiro)

___ Desejou que seu bife malpassado estivesse um pouco menos cozido?

___ Sibilou quando alguma coisa a assustou?

___ Ficou morta de sede?

___ Saiu para longas caminhadas pelo cemitério à noite, mesmo quando seu namorado vampiro estava longe?

seu ardor é uma chama eterna? ✣ 121

__ Desejou que sua cama tivesse paredes e uma tampa?

__ Experimentou lentes de contato vermelhas e se achou o máximo?

__ Viu-se obcecada por sua higiene dental?

__ Ficou acordada a noite toda?

__ Descascou uma laranja-de-sangue e ficou decepcionada ao ver que era só uma fruta?

__ Ficou dentro de casa por dias porque lá fora estava ensolarado demais?

pontuação

ATRIBUA OS SEGUINTES PONTOS PARA CADA RESPOSTA.

1. **a.** 1 **b.** 0 **c.** 2   **2.** **a.** 2 **b.** 0 **c.** 1

3. **a.** 0 **b.** 1 **c.** 2   **4.** **a.** 2 **b.** 1 **c.** 0

5. **a.** 1 **b.** 2 **c.** 0   **6.** **a.** 0 **b.** 2 **c.** 1

7. Atribua 1 ponto para cada item que marcou.

✳ DE 0 A 7 PONTOS

Tem certeza de que deve namorar um vampiro? Na verdade, você deve estar lisonjeada que seu vampiro esteja até disposto a dar uma chance a uma garota bronzeada! Você nem chega perto de ser digna de um vampiro.

✳ DE 8 A 14 PONTOS

Ainda não é morta-viva. Parece que você é dominada pela beleza de seu namorado, mas ainda não está preparada para se tornar vampira.

✳ DE 15 A 22 PONTOS

Tem certeza de que já não é uma vampira? Da próxima vez que estiver com seu namorado, ofereça o pescoço e espere que ele não seque suas veias por acidente!

Se quero Mandy comigo o tempo todo? Vivo voltando a essa pergunta. Por um lado, a ideia de ficar com ela até o fim dos tempos é... assustadora, para dizer o mínimo. Por outro, me dá arrepios ver seu envelhecimento.

— ALARIC, 223

Serei franco. Você acha que quer ficar com ela para sempre e depois, no momento em que faz isso, pensa, "Ah, doce mãe dos vampiros, o que foi que eu fiz?" Há um momento de remorso amargurado e esse momento dura muito, muito tempo.

— GREGOR, 498

Nunca encontrei "a menina perfeita". Não me leve a mal — conheci um monte de meninas humanas legais. Algumas foram namoradas, algumas lanchinhos. Centenas delas realmente me deixaram balançado. Mas uma menina para toda a eternidade? Digamos apenas que é muito tempo para dividir um caixão.

— GUSTAVO, 182

Seis maneiras de sugerir que você está pronta para a eternidade

Sim, seu vampiro pode precisar de um pouco de persuasão. Só porque você está preparada para passar a eternidade como a amante morta-viva parceira/supergata de seu vampiro, não quer dizer que ele vá se comprometer até "que as estacas nos separem". Ele pode nem saber que você está preparada para dar esse passo porque, embora seja quase perfeito, ele não é vidente. (Tá, tem razão, ele pode ser vidente, mas quando se trata da eternidade ele pode preferir fazer vista grossa.) Eis algumas maneiras de tocar no assunto sem assustá-lo.

1 ❋ **SURPREENDA-O COM INGRESSOS** para as Olimpíadas de Inverno... de 2332.

2 ❋ **DÊ A ELE UM CACTO SAGUARO** (a planta de crescimento mais lento do mundo) no Dia dos Namorados. No cartão, diga o quanto anseia para ver seu amor florescer como as flores. (A primeira deve aparecer lá pelo 16º ano.)

3 ❋ **NO PRÓXIMO ROMÂNTICO PASSEIO NOTURNO,** olhe para o céu e diga que um dia adoraria viver numa colônia na Lua, depois que resolvessem alguns probleminhas.

4 ❋ **RECUSE-SE A PRATICAR SNOWBOARDING** enquanto ainda é "quebrável". Será muito mais divertido quando você for indestrutível e não precisar usar aqueles óculos de proteção horrorosos.

5 ❋ **RECUSE-SE A PEDIR DESCULPAS** por esquecer o aniversário de sua melhor amiga porque "ela vai estar morta daqui a oitenta anos mesmo".

6 ❋ **MUDE SEU STATUS ONLINE** para "eternamente ligada" e veja se ele confirma.

antes de tomar esta grande decisão, é importante pedir pessoas de confiança para avaliar seus motivos e sua sanidade mental. Se elas disserem vai fundo, então vá! E se elas parecerem hesitantes, pressuponha que elas fazem parte da grande conspiração antivampiros e encontre outra pessoa (como eu) para consultar.

Depois de cinco anos juntos, estávamos ficando muito sérios. Numa noite, enquanto caminhávamos pelo bosque escuro atrás de minha casa, ele se inclinou, afastou o cabelo do meu pescoço e me mordeu — bem na jugular. Foi romântico de arrepiar a espinha!

Agora já estamos juntos há 75 anos e o único motivo para ele não me deixar é que ele se sente culpado por ter me transformado em vampira. A eternidade não é brincadeira. Dá tempo de descobrir todos os hábitos realmente irritantes dele, como ocupar todo o caixão, deixar manchas de sangue em nossas melhores toalhas de mesa de linho e olhar a zumbi vizinha. Às vezes, eu só queria estar morta. É sério.

—EUGENIA, 90

Minha filha, Olivia, implorou ao horripilante namorado morto-vivo para levá-la de sua vida "dolorosamente tediosa" conosco. Eu disse a ela que não devia se incomodar em voltar para casa, se pretendia ficar com ele. Obviamente, ela tem morcegos nos miolos... e provavelmente na sala de estar dela.

Já faz 22 anos que eu os vi pela última vez. Ele provavelmente a trocou por uma lobisomem ou coisa assim. Eu avisei que a eternidade era muito tempo. Se eles ainda estiverem juntos, devem estar pendurados no teto sujo de alguma caverna por aí.
—SUSIE, IDADE NÃO REVELADA

Oh, Vlad!, *você está exclamando de um jeito que não é inteiramente seu. Estou preparada. Me leve, fonte com cabelo lindo de minha ruína! Me leve!*

Eu jogaria água fria na sua cara se não receasse que as páginas que está segurando ficassem molhadas. Você está pronta para se entregar a ele (ou, neste caso, eu), não está?

Bom, não tão rápido. Porque embora você possa pensar que o caminho para a eternidade fica apenas a duas pequenas marcas de dentada à frente, deve estar ignorando um fato essencial: o vampiro não está tão a fim de você.

É sério, ele não está.

Quer saber por quê? Vá para a Parte Três.

UM BILHETE DE GRETA, UMA CAÇA-VAMPIROS

CARA CANDIDATA A VAMPIRA,

OOOH, VOCÊS ESTÃO PLANEJANDO ~~ENVELHECER~~ FICAR PARA SEMPRE JOVENS JUNTOS. QUE COISA MAIS LINDA! OS DOIS DEVEM ESTAR MUITO ANIMADOS PARA FAZER COISAS COMO SE SURPREENDER COM A PRESA FRESCA DO DIA, DE 14 ANOS, PARA O JANTAR. EU OS INVEJO TANTO. QUASE.

VOCÊ ENTENDE REALMENTE O QUE SIGNIFICA "PERMANENTE"? SE MUDAR DE IDEIA, NÃO SE INCOMODE EM BATER TRÊS VEZES OS CALCANHARES DE SEUS DOC MARTENS E DIZER, "NÃO HÁ CARNE COMO A HUMANA" PARA VOLTAR. SEU CORAÇÃO ADOLESCENTE CARREGADO DE HORMÔNIOS TEM DIFICULDADES PARA DECIDIR O QUE VESTIR PARA UMA AULA DA AUTOESCOLA — COMO VOCÊ ESPERA TOMAR ESTA DECISÃO DE MUDANÇA (LITERALMENTE) DE VIDA?

SE DECIDIR IGNORAR MINHA ADVERTÊNCIA, RECEIO QUE SÓ RESTEM DUAS OPÇÕES. UMA, VOCÊ SERÁ O JANTAR DE AMANHÃ. DUAS, VOCÊ REALMENTE SOBREVIVERÁ AO DIZER A SEU NAMORADO QUE QUER SER UMA VAMPIRA E ELE LHE DARÁ UMA MORDIDA PARA LEMBRAR. ASSIM, AGORA VOCÊ É REALMENTE, VERDADEIRAMENTE UMA VAMPIRA? MEUS PARABÉNS! VOCÊ É A PRÓXIMA DA MINHA LISTA.

Seu ardor é uma chama eterna?

PARTE TRÊS

o vampiro não está tão a fim de você

CAPÍTULO NOVE

não é ele, é você

e você achou que tudo ia tão bem! Pensou que ele era seu, todo seu! Quando ele jurou devoção eterna, você acreditou! Isto é inteiramente compreensível — afinal, você é só uma humana.

O que seus olhos mortais não conseguem ver é que ele está ficando inquieto. O sangue sempre tem um cheiro mais doce quando é difícil de se conseguir. Agora ele se acostumou com você, e a familiaridade estimula um desejo de não estimular. Talvez sua vulnerabilidade e fraqueza humanas tenham sido um charme no início. Mas não são páreo para um frio e duro... intelecto de vampiro.

Na mente dele, está claro: o problema não é ele. É você.

oito coisas que ele não suporta em você

1 ✤ Você faz três refeições por dia, enfiando produtos quimicamente tratados goela abaixo sem parar. É de dar náuseas.

2 ✤ Você toma banho regularmente.

3 ✤ Você fala de que faculdade quer fazer. Ele já passou por isso dezessete vezes.

4 ✤ Você fica perguntando sobre os sentimentos dele. Eles não variam tanto assim.

5 ✤ Você o faz de fotógrafo quando sai com seus amigos. Só porque ele não aparece nas fotos, não quer dizer que queira tirá-las para você.

6 ✤ Você não sabe a diferença entre Schubert e Beethoven, mas pode identificar cada carinha do Jonas Brothers pelo formato da sobrancelha.

7 ✤ Você liga para ele durante o dia. Algumas pessoas estão tentando dormir.

8 ✤ Seu corpo é um tanto quente demais. É como se aninhar a um peixe assado.

Sem dúvida, pode ser difícil determinar se seu vampiro está perdendo o interesse — nós, vampiros, dificilmente somos francos com nossas emoções. Os sinais nem sempre são coerentes. Às vezes, uma viagem improvisada à Itália e um *Eu te amo tanto que não posso vê-la nunca mais — adeus para sempre* rabiscado às pressas significa *Te vejo daqui a alguns dias.* Em outras ocasiões, significa *Acabou. Não, é sério. Devolva minha jaqueta da Transylvania High. Minha nova namorada está com frio.*

Se você estiver insegura, compilei alguns dados sobre os principais comportamentos de vampiros, para sua informação. Os números não mentem jamais.

decifre o que ele faz quando não está perto de você

ELE ESTÁ A FIM DE VOCÊ

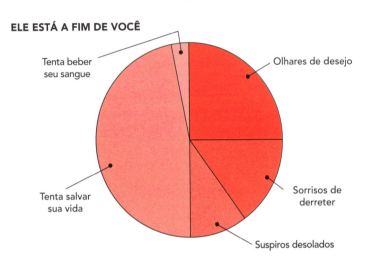

ELE SE CANSOU DE VOCÊ

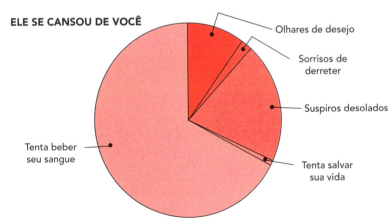

TRAJETÓRIA DE UM RELACIONAMENTO TÍPICO

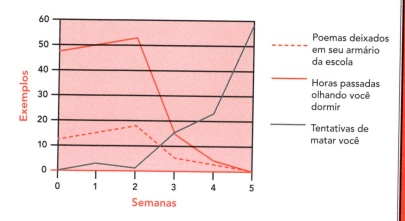

DURAÇÃO MÉDIA DO RELACIONAMENTO COM BASE NO TIPO DE NAMORADA

dicas de que ele pode não estar a fim de você

Como ele não quer magoar seus ternos sentimentos, as dicas que ele deixa passar podem não ser a imagem da obviedade que demostra a maioria dos meninos humanos quando querem deixar uma relação. Em vez de ler nas entrelinhas (vamos admitir, só tem espaços em branco), procure ler *através* delas.

ELE Diz: "Vou caçar."

ELE quer Dizer: "Mortal insignificante, está começando a me dar tédio."

ELE Diz: "Preciso de espaço."

ELE quer Dizer: "Cem anos devem resolver isso."

ELE Diz: "Eu te amo demais para te transformar num monstro como eu."

ELE quer Dizer: "*De jeito nenhum* vou ficar com você pela eternidade."

ELE Diz: "Procurei por você a eternidade toda."

ELE quer Dizer: "Já namorei muito. E sim, elas eram gostosas. Aguente."

ELE Diz: "Você *deve* ir para a faculdade, meu bichinho humano."

ELE quer Dizer: "Se possível, vá para uma faculdade do outro lado do país."

ELE Diz: "Prometa-me que estará sempre em segurança."

ELE quer Dizer: "Sinceramente, é muito irritante que você sempre precise ser salva quando estou no meio de um episódio de *Dexter*."

ele está cansado de você?

Ainda se recusa a acreditar quando eu digo que acabou? Você só ficará feliz se descobrir na forma de um questionário? Muito bem. Que seja. Esta teimosia provavelmente é um dos motivos para a mente dele começar a vagar de volta ao túmulo.

1. Você manda para ele um torpedo dizendo, "Eu me cortei depilando a perna e não para de sangrar!" Como ele responde?
   a. "Que chato. Coloque um Band-Aid."
   b. Ele não responde.
   c. "Pegou alguma artéria?"
   d. Ele aparece à sua porta com rosas e um cálice.

2. O último poema dele para você era intitulado:
   a. "Halitose de Hemoglobina: Você Tem."
   b. "Sol a Pino"
   c. "Não Suporto Mais Isso!"
   d. "Presas de Emoção Ardente."

3. Você usa gola rulê no seu próximo encontro para ver como seu vampiro reage. O que acontece?
   a. Ele te dá um bolo! Será que ele viu você parada ali e andou na direção contrária?
   b. Depois de cinco minutos, ele afirma que o estômago está revirado com alguma coisa que comeu e vai para casa.
   c. Quando você volta do toalete, encontra-o entalhando o número do telefone da garçonete no braço.
   d. Ele olha decepcionado e pergunta por que você cobriu um pescoço "tão divino".

4. Você está no banco de sangue doando um pouco de plasma. Enquanto conversa com seu vampiro, uma gótica linda de morrer passa por vocês, com um filete de sangue escapando de sob o Band-Aid no braço. O que ele faz?

a. Finge não perceber, embora tenha visto.

b. Esquece do que estava dizendo enquanto seus olhos em brasa acompanham cada movimento da garota.

c. Ele se levanta e diz que volta logo enquanto segue a garota porta afora.

d. Ele olha em seus olhos e diz como você é bonita.

5. Desesperada, você decide acender o desejo dele deixando que ele a salve da morte. Você anda por um trilho de trem sob a lua cheia, tropeça e cai enquanto um trem se aproxima. Como seu vampiro reage?

a. Ele suspira, revira os olhos e tira você do caminho.

b. Ele fica onde está e diz: "Tudo bem, agora trate de se levantar."

c. Ele amarra você nos trilhos.

d. Ele faz uma exibição teatral, puxando-a para longe do perigo.

⤞ pontuação ⤝

❖ **SE VOCÊ RESPONDEU MAIORIA A: Ele está ficando cansado de você.**

❖ **SE VOCÊ RESPONDEU MAIORIA B: Ele está ficando verdadeiramente cansado de você.**

❖ **SE VOCÊ RESPONDEU MAIORIA C: Ele odeia muito você.**

❖ **SE VOCÊ RESPONDEU MAIORIA D: Ele ainda está a fim de você.**

A namorada que tive no século passado achava que eu ia transformá-la em vampira e que ficaríamos felizes e juntos pelo resto da eternidade. Isto depois de estarmos namorando só há mais ou menos seis meses. Eu era novo demais para esse tipo de compromisso, mas quando tentei explicar, ela começou a se queixar com qualquer um que falasse com ela. O vampiro deve ser a parte rabugenta e taciturna do relacionamento! Decidi que era melhor terminar as coisas em vez de tentar lidar com esse comportamento infantil, então eu a mordi... e não no sentido eterno.

—TRISTRAM, 346

Você se pergunta por que os homens sempre estão ocupados quando estão perdendo o interesse? É porque estamos mesmo. Limpar a cripta, passar fio dental, organizar a coleção de taxidermia — qualquer coisa é mais divertido do que ficar com uma menina de que estamos cansados. Desculpe!

—CHARLES, 803

O rastreador a queria. Eu disse: "vai em frente". Agora o rastreador e eu estamos juntos há 98 anos!

—BERTRAND, 302

Como ele está morto por fora, às vezes é difícil saber que está morrendo por dentro. Mas o fato de você ser tão distraída não está ajudando em nada.

Não vejo Gustavo há dois anos. Bom, dois anos, quatro meses, doze dias e três horas. Mas isso é *totalmente* porque meu sangue tem um cheiro bom demais e ele se preocupava de não conseguir se reprimir. Sei que um dia ele vai voltar e vamos ficar juntos de novo, eu em seu colo frio com meu gorro de esqui e ceroulas, ele com suas presas afagando amorosamente meu pescoço. Exatamente como costumava ser. Só espero que ele volte antes que eu esteja velha e enrugada. Ou, quem sabe, antes do baile de formatura.

—JENNA, 17

Depois que Elijah cancelou nosso encontro pela terceira noite seguida, parei na casa da Melissa, minha amiga, para me aconselhar com ela. Achei estranho que o carro de Elijah estivesse estacionado na frente da casa, então subi na árvore perto da janela do quarto dela. Foi quando descobri que ele estava me traindo com aquela vagaba perseguidora de vampiros! Fiquei tão chocada que caí da árvore. Elijah nem mesmo tentou me salvar. Foi aí que entendi que tinha acabado.

—MARIE, 17

Por muitos e muitos anos em que estive vivo, colecionei um número incrível de diplomas universitários pelo mundo. Mas não cobri as artes psicoterapêuticas. Por isso, gostaria que você conhecesse um de meus colegas, o dr. Thaddeus Phillips, que fez uma ampla pesquisa neste campo e recebeu um DV (Doutorado Vampiresco) da Universidade de Caninosvânia, na antiga União Soviética.

DO CONSULTÓRIO DO DR. THADDEUS PHILLIPS, DV

Posso sentir o medo que vem dessa sua união. É o medo que se traduz na dor emocional que você inevitavelmente sente neste relacionamento pouco convencional e na dor literal que estará sempre iminente, enquanto você continuar a trilhar este caminho de lamentações. Ele pode ser o vampiro, mas você, minha amiga, é a sanguessuga. Se continuar a assediá-lo quando ele é que devia assediar você, como ele vai expressar o amor que sente? Confie em si mesma para confiar que ele confiará que você confia nele. É bem simples.

Também aconselho você a ser silenciosa e a reduzir suas lamúrias, particularmente porque os ouvidos dele não estão acostumados aos decibéis a que você chega. Embora seja jovem na aparência, ele claramente envelheceu na tolerância, em particular por você.

Definitivamente, você não deve apontar o que falta nele, mas o que falta no seu próprio sangue inadequado. Seja franca consigo mesma sobre o verdadeiro predador na relação — é você, e não ele.

— Dr. Thaddeus Phillips, DV, Reputado Especialista em Relações Especiais

o que fazer quando seu relacionamento está com o pé na cova

Minha florzinha mortal, seus dias estão contados. Espere! Preciso esclarecer — os seus dias sempre foram contados, mas seu relacionamento também está morrendo. Ele tem um pé na cova — e não no sentido certo. Procure adiar o inevitável com os seguintes esforços de última hora:

✵ provoque ciúmes nele

Os vampiros têm fama de possessivos, mas jamais nos ocorreria que você pode se sentir atraída por outro. Sua melhor aposta: experimente paquerar um lobisomem. Mas cuide para não ser mordida. Porque se começar a ficar toda peluda, a relação *realmente* acabou.

✵ mais "acidentes"

Você teve um leque de experiências de quase morte durante a paquera. Ele a salvou de acidentes de trânsito, ataques de bandidos e exposição exagerada no bosque. Encare a realidade — ele está meio entediado. Injete uma seringa de adrenalina na veia dessa relação variando seus "acidentes". Os ataques de tubarão são sempre divertidos, e os acidentes aéreos têm um *je ne sais quoi* de que ele vai gostar. Evite doenças incomuns. Ele não poderá salvá-la e de jeito nenhum vai visitar você no hospital.

✵ saia de fininho

É ousado. É vil. É meio diabólico de tão brilhante. Experimente terminar com *ele* antes que ele abandone você! Será a primeira vez na vida dele que isso acontecerá, e pode chocá-lo a ponto de ficar interessado novamente.

o grude

Você não pode grudar nele *de verdade*. Ele tem casas no mundo todo e, afinal, pode voar. Mas veja bem — se você se sente melhor se humilhando, ligando e implorando, quem sou eu para impedi-la?

---

finja que já foi transformada

Você implorou e ele disse não. Você sente que ele está se afastando e seu desespero só cresce. Aqui está uma ideia para você — engane-o e leve-o a pensar que ele já transformou você em vampira! Sabe-se que os vampiros ficam distraídos quando são tomados pelo desejo de sangue, então eis como proceder:

1. Abata um porco na frente da cripta dele para distraí-lo.
2. Use uma maquiagem branca.
3. Coloque lentes de contato vermelhas.
4. Diga coisas como, *Agora o tempo não tem significado para mim* e *Eu nunca percebi que o mundo está morrendo*.
5. Mergulhe regularmente em banhos de água gelada.

Não quero ser a ducha de água fria em sua paixão, mas se eu não for franco com você, quem será? Certamente não o seu vampiro. Como política, para ele a sinceridade equivale a ter um cachorrinho de estimação e tomar banhos de sol. Ele não será diretamente verdadeiro com você — o que significa que você precisa começar a ser diretamente verdadeira consigo mesma. Como verá no próximo capítulo, você pode descobrir algumas coisas sobre si mesma que não queria saber.

não é você, é ele

No interesse da justiça e da equidade, devo partilhar com você um pouco de Jane, ex-mulher de 57 anos do dr. Thaddeus Phillips. Embora Jane, uma humana, não tenha o mesmo doutorado vampiresco do ex-marido, ela também estudou amplamente o romance humano-vampiro e chegou a conclusões diferentes das do reputado dr. Phillips.

DO CONSULTÓRIO DA DRA. JANE OAKES, PH.D

Ele não está perseguindo você, como antes? O desejo de sangue desapareceu dos olhos dele? Pelo visto, você tem um problema — um problema de vampiro. Você não pode ser a única a se esforçar. Ele também precisa levantar aquele lindo e imortal traseiro e manter as coisas interessantes!

Os homens de séculos de idade tendem a ter este problema: entediam-se com facilidade, uma vez que já viram todo o ir e vir pelo menos duas vezes. Eles perseguem você porque seu pescoço é novo e, depois que já tiveram o bastante para conhecer seu tipo sanguíneo, não telefonam mais.

Mas não se desespere! Ele não merece você, uma garota especial que deveria ter quem a tratasse como uma princesa da noite. Um homem não deve só gostar de você por seu sangue, e certamente o alcance da atenção dele deve ser melhor do que o de um morcego. Eu diria para abandoná-lo. Ele não vale a sua eternidade!

— Dra. Jane Oakes, Ph.D

Embora entenda que a dra. Oakes se refira a outros vampiros e não a este que vos escreve, devo apontar as calúnias que ela disse. Tentei manter minha vida amorosa interessante. Por exemplo, escrever livros! Que um dia ainda darei de presente ao meu amor, Sarah, para ela ler. Aliás, Abby. Quero dizer — em que ano estamos mesmo? —, Felicia.

Tá legal. Às vezes ficamos entediados. Mas cá entre nós, nem todos são *traidores*.

ele está vendo outra pessoa (ou coisa)?

1. Você está brincando com o celular dele quando ele recebe uma mensagem de texto estranha — o que diz o torpedo?

 a. Ei, o beisebol tá de pé?

 b. Desculpa por ontem à noite, minha turma odeia vampiros.

 c. Cinema hj à noite?

 d. Estou no bosque... sozinha e vulnerável...

 e. Foi bom falar com vc ontem. Adoro um cara com cérebro.

2. Ele está recostado graciosamente na cama, lendo Tennyson, quando de repente precisa ir embora. Que desculpa ele dá?

 a. "Prometi a minha mãe que ia fazer uma coisa para ela antes da meia-noite!"

 b. "Lua cheia — tenho que correr."

 c. "Só queria passar a noite na cripta."

 d. "Tem um programa que eu quero assistir esta noite."

 e. "Comprar o jantar, ou ser o jantar? Pode ser uma inversão de papéis interessante."

3. Você está na tumba dele e percebe um livro aberto em sua mesa de cabeceira — o que é?

 a. *How to Cook Everything Vegetarian*, de Mark Bittman

 b. *Shiver*, de Maggie Stiefvater

 c. *Blue Bloods*, de Melissa de la Cruz

 d. *Amanhecer*, de Stephenie Meyer

 e. *Louras Zumbis*, de Brian James

4. **Você percebe que o interesse dele mudou. De repente ele:**

a. Começou a se sentar em uma árvore diferente perto de sua janela.

b. Diz que quer um cachorrinho.

c. Parece mais frio do que nunca, e ainda mais sedento por sangue.

d. Não percebe mais quando você usa um cachecol.

e. Deu para ver filmes de terror, como *Extermínio*.

5. **Você liga para o castelo dele, mas ele não está em casa. A mãe dele diz que:**

a. Ele está jogando beisebol com o irmão mais novo.

b. Ele está na Floresta Negra — e levou uma espada de prata, "só por precaução".

c. Ele está na Transilvânia com uma antiga ~~chama~~ amiga.

d. Ele esta numa missão de resgate.

e. Ele está em alguma atividade que exigiu um capacete.

6. **O diário dele estava aberto e você não pretendia olhar! Mas ainda assim viu o que estava escrito:**

a. Bem no meio de um poema — empacado em uma boa rima para "narinas".

b. Saí correndo — ela precisava ter quatro pernas para me alcançar!

c. Melhor. Banco de sangue. Encontro. Jamais!

d. Adoro o cheiro dessa loura nova.

e. Parece que ela pode estar interessada em mim só pelo meu cérebro.

✦ pontuação ✦

✦ SE VOCÊ RESPONDEU A MAIORIA A

Boba! Todo mundo tem obrigações de família, e ele não é exceção. Pare de ler o diário e os e-mails dele agora! Nada mata mais rápido o ardor de um vampiro do que uma namorada ciumenta.

❄ SE VOCÊ RESPONDEU A MAIORIA B

Parece que o novo interesse romântico dele precisa fazer mais do que apenas depilar as pernas para parecer apresentável a um vampiro — Sua concorrente provavelmente é peluda, muda com a lua, corre sobre quatro pernas e age como uma canina. Ele não quer uma gatinha, ele quer uma lobisomem!

❄ SE VOCÊ RESPONDEU A MAIORIA C

Foi um prazer! Seu namorado está paquerando outra vampira e não há muito que você possa fazer. Os dois querem o mesmo da vida (ou melhor, da morte): sangue, castelos escuros e sinistros, e sangue. Você pode tentar cravar uma estaca no coração dela, mas se errar, pernas pra que te quero!

❄ SE VOCÊ RESPONDEU A MAIORIA D

Seu vampiro deseja determinado tipo de sangue — que não é o seu! Parece que seu namorado está de olho em outra humana. E nem pense em se vingar da atrevida, porque seu vampiro a estará protegendo. Procure terminar com ele e deixá-lo com ciúme, saindo com um lobisomem.

❄ SE VOCÊ RESPONDEU A MAIORIA E

A nova garota dele está aí por uma única coisa: MIOOOOOLOS! É sério, tem uma zumbi atrás dele. É difícil entender a atração — aquela expressão vazia, a carne em decomposição, o andar rígido e o cabelo horroroso. Talvez ele goste que possam partilhar um humano no almoço — ele fica com o sangue, ela com o cérebro. A não ser que você consiga dar um tiro bem na cabeça dela, não há muito que fazer para se livrar dessa. Procure se reconfortar com o fato de que ela só está tentando penetrar no crânio dele — com sorte, ele recuperará o juízo e voltará para você.

o zodíaco do vampiro

Embora sua presença reluzente possa estragar uma noite perfeitamente negra, você pode tentar consultar os astros para saber se seu relacionamento pode ser salvo. É justo. Mas esteja avisada — quando se trata do astral, é fácil prever os humanos... Mas os vampiros não estão no mapa.

áries ✤ *(21 de março a 19 de abril)*

Principais características: Ousado, apaixonado, inovador.
O que em você atrai vampiros: Sua personalidade inflamável.
A má notícia: Os vampiros estão acostumados a ser líderes em uma relação e não sabem seguir ordens. Não é uma boa combinação.

touro ✤ *(20 de abril a 20 de maio)*

Principais características: Persistente, dedicado, estável.
O que em você atrai vampiros: Ele precisa de orientação e sua natureza dominadora se mescla bem com a dele.
A má notícia: Os vampiros não são estáveis o bastante e vão zombar de seu desejo por segurança. Não é uma boa combinação.

gêmeos ✤ *(21 de maio a 20 de junho)*

Principais características: Sociável, espirituoso, animado.
O que em você atrai vampiros: Sua curiosidade inata.
A má notícia: Sua perspicácia deixa os vampiros nervosos, e eles não gostam de ficar nervosos. Não é uma boa combinação.

câncer ✤ *(21 de junho a 22 de julho)*

Principais características: intuitivo, emocional, sensível.
O que em você atrai vampiros: Sua natureza solidária atrai você a qualquer carente e ele precisa de você.

A má notícia: Você é deprimida demais e os vampiros gostam de ser a parte taciturna do relacionamento. Não é uma boa combinação.

leão �֎ *(23 de julho a 22 de agosto)*

Principais características: Vigoroso, procura atenção, teatral.
O que em você atrai vampiros: Você quer injetar um pouco de sua personalidade ensolarada na alma dele tão envelhecida.
A má notícia: Leão é solar e quente, e os vampiros não toleram o sol. Não é uma boa combinação.

virgem ✶ *(23 de agosto a 22 de setembro)*

Principais características: Tímido, meticuloso, modesto.
O que em você atrai vampiros: Você quer ser protegida e um vampiro vai protegê-la do mundo.
A má notícia: Os vampiros sempre serão mais perfeccionistas do que você. Não é uma boa combinação.

libra ✶ *(23 de setembro a 23 de outubro)*

Principais características: Diplomático, sociável, mente aberta.
O que em você atrai vampiros: Você está interessada em namorar pessoas de todas as espécies.
A má notícia: Os vampiros odeiam quando você paquera outros mortos-vivos, e você não consegue evitar. Não é uma boa combinação.

escorpião ✶ *(24 de outubro a 22 de novembro)*

Principais características: Excitante, obsessivo, indomável.
O que em você atrai vampiros: Você é tempestuosa e tormentosa como ele.
A má notícia: Os vampiros são ciumentos, mas odeiam quando você fica possessiva. Não é uma boa combinação.

Sagitário ✤ *(23 de novembro a 21 de dezembro)*

Principais características: Jovial, filosófico, positivo.

O que em você atrai vampiros: Você fica animada com a melancolia dos mortos-vivos.

A má notícia: Os vampiros são céticos e acham que você é cegamente otimista. Não é uma boa combinação.

---

capricórnio ✤ *(22 de dezembro a 19 de janeiro)*

Principais características: Paciente, prudente, reservado.

O que em você atrai vampiros: Você gosta de encontrar sentido nas uniões que não têm sentido nenhum.

A má notícia: Os vampiros não gostam de resmungos e os suportam há séculos a mais do que você. Não é uma boa combinação.

---

aquário ✤ *(20 de janeiro a 19 de fevereiro)*

Principais características: Progressista, frio, humanitário.

O que em você atrai vampiros: Você está sempre ansiosa para dar uma chance a todos — sejam humanos ou não.

A má notícia: O coração frio de um vampiro esgotará até uma aquariana emocionalmente desligada. Não é uma boa combinação.

---

peixes ✤ *(20 de fevereiro a 20 de março)*

Principais características: Sensível, idealista, escapista.

O que em você atrai vampiros: Você já imagina a eternidade com ele.

A má notícia: Os vampiros confundirão sua sensibilidade com fraqueza, e eles desprezam os fracos. Não é uma boa combinação.

> Achei meio... *estranho*, digamos, quando Charles começou a me estimular a tentar realizar meu sonho de fazer esqui aquático de exibição (sabe como é, como no SeaWorld? Quero muuuito fazer isso!) Antes ele super me apoiava, "Mas, querida, esta é uma ambição tão brilhante." Ele não suportava eu ficar ao ar livre com tanta frequência. Depois, justo quando eu pensei que estava indo tudo bem, ele passou a falar coisas como, "Você está começando a ficar meio pálida, não acha?" e "Soube que vai fazer sol e 26 graus hoje!" e "Não acha que você combina mais com alguém como Josh Aberdeen?" Dããââ. É claro que combino — Josh é um deus do esqui aquático. Depois, quando me dei conta, havia uma caixa na minha porta amarrada com uma linda fita preta e dentro dela um maiô de lantejoulas e um adereço de cabeça com plumas. Eu sabia que tinha acabado. Quão cruel esse cara pode ser?
>
> —ABIGAIL, 16

Agora é necessário mostrar algum orgulho. Se o coração dele está em outro lugar, é melhor cair fora antes que a moderação dele o faça. Você sempre amou o sorriso de matar dele, mas jamais quis que fosse assim tão mortal. Fique atenta para os sinais de que é hora de ir embora.

dez sinais de que é hora de deixá-lo

1 ❋ Seu apelido carinhoso foi de "Meu Docinho Amado" para "Meu Lanchinho".

2 ❋ Ele cria um perfil para você em um site de namoro online.

3 ❋ Você liga para ele porque tem um rastreador do lado de fora de sua casa e ele diz: "Ah, tá, sinto muito."

10 ❋ Os poemas de amor dele começam a ficar uma droga. Rimar "Você deve encontrar um humano" com "Alguém de sangue diluviano"? não é um bom sinal.

4 ❋ Ele devolve os ingressos que você deu para as Olimpíadas de 2332 porque acha que estará ocupado nesse dia.

9 ❋ Ele estimula você a se candidatar a faculdades no exterior e garante-lhe que você se "divertirá incrivelmente" no Iêmen.

5 ❋ Em vez de carregar você até seu carro nos dias de neve, ele lhe dá um par de botas de caminhada e a aconselha a "começar a treinar".

8 ❋ Quando você pergunta por que ele não protege mais o seu quarto toda noite, ele diz que basta seu ronco para que os Volturi arranquem a própria cabeça.

7 ❋ Você corta o dedo e ele lhe dá uma bronca por ser tão perdulária.

6 ❋ Seu vampiro pede que você pare de falar no hálito glorioso de hortelã que ele tem... É simplesmente horripilante.

Se você acha difícil entender os homens, experimente um vampiro. É difícil saber se ele só ficou um pouco mais emo do que o habitual, ou se quer enterrar o relacionamento nas catacumbas. Meu ex começou a ficar em casa nos fins de semana, pensando que havia luz demais do lado de fora — mesmo à noite. (Moramos no Oregon — não é bem a terra do sol da meia-noite). E ele vinha com desculpas esfarrapadas para evitar que eu fosse à casa dele também — tipo gripe, tuberculose ou coisa parecida. Tenho certeza absoluta de que os mortos-vivos não podem ficar doentes. Depois eu o flagrei em um jogo de beisebol numa sexta-feira à noite... com uma fada irlandesa. Fim de p-a-p-o.

—WILLA, 18

É muito estranho. Alaric me arrastou para o bosque e disse que eu devia esquecer tudo sobre ele. Quando voltei a pé para casa, descobri que todas as minhas fotos dele tinham sumido, e assim como todos os presentes que ele me deu. Os 50 volumes de poesia que ele escreveu sobre minha beleza, o vestido que me deu para o baile dos monstros, o carro blindado especial — tudo! Ele sumiu, e a família dele saiu da cidade. Será que isso é, tipo assim, outro jogo de vampiro? Sei que ele está tentando me dizer algo, mas *o quê*?

—MANDY, 15

Quem não viveu um relacionamento em que todas as coisas que costumava amar de repente ficaram irritantes? Toda a ideia dele chupando sangue ser excitante... Mas agora você está farta do bafo dele. (Em especial o bafo de sangue... eca.) As caminhadas ao luar eram românticas no início... Agora só irritam. Afinal, uma garota precisa dormir!

Estava tudo bem para você ficar com os amigos dele na cripta. Era bom de verdade. Mas quantas conversas um grupo de amigos pode ter sobre o Torneio de Pôquer de Vampiros? E sim, no início, usar preto conferia atitude a ele. Agora você percebe que é só uma falta de senso de moda.

Ele está desatualizado quando se trata de música, cinema e higiene. Sim, ele vai levar você para voar à noite — mas fica frio lá em cima! Mas ele nem percebe isso. Na verdade, há muitas coisas que ele jamais vai saber. Ele diz que não lê a sua mente, mas talvez devesse ler seus lábios de vez em quando.

Você começou a desconfiar de que talvez ele só quisesse o seu sangue o tempo todo. Você viu fotos das ex dele... Em cartazes de desaparecidos. Os apelidos que ele deu para você são relacionados a comida. ("Docinho" ou "Bolinho" são aceitáveis. Mas "Café da manhã", "Almoço" e "Jantar" não são. E "Meu Coração" é tremendamente ambíguo.) Ele evita o shopping e os bailes da escola, e ainda marca todos os encontros em lugares desolados, como pedreiras e encruzilhadas fora de mão. E quando resolve sair para jantar, ele fica falando de "engordar você". Diz que você é o tipo dele; enquanto isso, diz aos amigos que você é o tipo sanguíneo dele.

Os sinais de uma relação moribunda são inconfundíveis. Está mesmo preparada para ficar num relacionamento assim pela eternidade?

você está preparada para a eternidade?

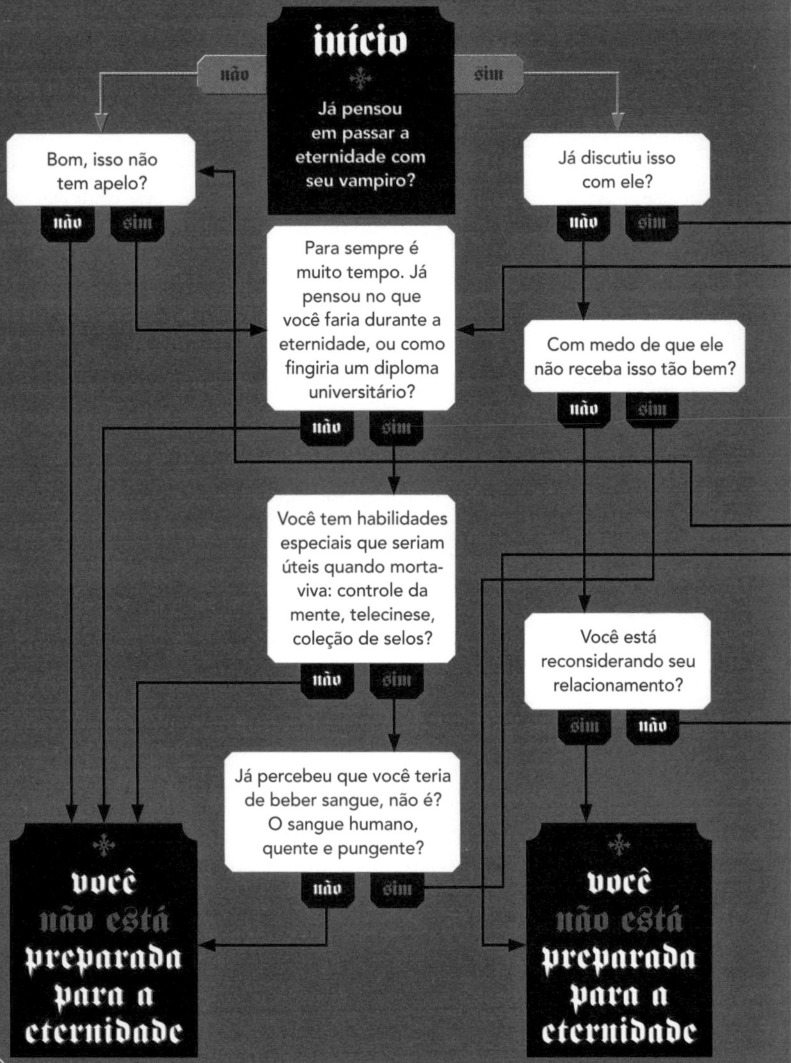
início
Já pensou em passar a eternidade com seu vampiro?
não
sim
Bom, isso não tem apelo?
não
sim
Já discutiu isso com ele?
não
sim
Para sempre é muito tempo. Já pensou no que você faria durante a eternidade, ou como fingiria um diploma universitário?
não
sim
Com medo de que ele não receba isso tão bem?
não
sim
Você tem habilidades especiais que seriam úteis quando morta-viva: controle da mente, telecinese, coleção de selos?
não
sim
Você está reconsiderando seu relacionamento?
sim
não
Já percebeu que você teria de beber sangue, não é? O sangue humano, quente e pungente?
não
sim
você não está preparada para a eternidade
você não está preparada para a eternidade

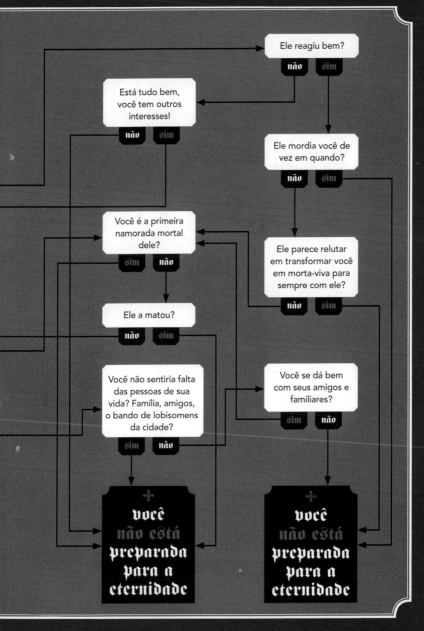

CAPÍTULO ONZE

Saiba quando seu relacionamento sangrou até a morte

A essa altura, você deve estar pronta para uma conversa de despedida com seu vampiro. Vocês, humanos, costumam dizer que tudo que é bom chega ao fim. Bom, notícia fresquinha: tudo que é ruim também chega ao fim. Em geral porque as coisas são, sabe como é, *ruins*.

Com os vampiros, não existe essa história de rompimento sem dor. Quando acaba, em geral você acaba também. Então você precisa tratar da questão com muito cuidado se quiser sair viva deste relacionamento. Você pode ter tido sonhos de eternidade, mas agora espera apenas chegar à próxima quinta-feira. É verdade que o amor dói. Mas esse tipo de dor é tão ruim que os cantores de música country nem compuseram nada sobre ele.

De certo modo eu vi o que viria a seguir. Nathaniel começou a agir de uma forma muito estranha perto de mim. Um dia, eu tropecei e derramei sopa de tomate por todo seu suéter branco. Em vez de rir e compor uma ode improvisada à minha cativante falta de jeito humana, ele ficou irritado e saiu disparado. (Bom, ele mais saiu flutuando, porque ele se move como um lince leve e gracioso, cercando silenciosamente sua presa pelo chão coberto de musgo da floresta. Ah, meu Deus, eu tenho de parar de pensar assim...) Ele também parou de compor músicas para mim. Quando perguntei se eu o havia inspirado ultimamente, ele disse sim, mas pareceu muito pouco à vontade quando começou a tocar o piano. Depois de alguns instantes, percebi que não era nenhuma música original. Ele só estava tocando "Since U Been Gone" de um jeito bem lento.

Por causa do talento de Nathaniel para o drama, pensei que ele só terminaria comigo no momento certo, então comecei a planejar meu dia em torno da prática de órgão na igreja e os padrões de alimentação da população de aves de meu bairro. Eu não podia me arriscar a ele me encurralar enquanto a música melancólica do órgão ecoava tristemente em volta de nós, ou enquanto um bando de pombos voava sobre nossas cabeças. Isso seria, tipo assim, o colapso central. Mas acho que não

era para estar tão segura, porque Nathaniel me encontrou no final do meu turno na biblioteca. Antes que eu percebesse o que estava acontecendo, ele me puxou para a seção de livros raros e começou a discursar sobre chegar ao último capítulo da história de nosso amor. Fingi não entender, mas depois uma pomba feia de um olho só pousou no peitoril da janela. (Isso acontece em outras cidades?!) Vi Nathaniel sorrir de leve enquanto pegava minha mão e caía de joelhos. "Oh, Danielle, minha vida, meu amor. Você é tão vulnerável e inocente — como aquela pobre pomba manca e caolha." Abri a boca para protestar, mas Nathaniel apenas ergueu um dedo em meus lábios. "Não, não. Não fale, minha amada. Ceguei você com minha gloriosa beleza e perfeição sobrenatural. Não consegue mais enxergar o perigo de amar um monstro como eu. Devo ir para sempre. E não como da última vez, quando deixei você para sempre mas voltei três horas depois com um poema épico à sua beleza. Adeus, amada." Ele me beijou no rosto e sumiu, deixando-me sozinha com aquela ave horrorosa me encarando.

—DANIELLE, 16

Estava no mercadinho com minha mãe escolhendo melão quando Max me mandou um torpedo: "Acho que devemos ver outras pessoas/vampiros. Foi ótimo. :-)." E eu que pensava que os vampiros tinham classe!

—MEGAN, 16

é claro que as meninas dos exemplos anteriores saíram dessa facilmente. É impossível conseguirmos testemunhos das piores vítimas da mágoa de vampiros, uma vez que agora elas estão completamente mortas. Você quer evitar ter o destino delas — assim, cabe a você se preparar para qualquer hipótese de rompimento que ele possa atirar no seu caminho.

> Creia em mim, terminar não é tão fácil quanto você pensa. As garotas humanas são tão *emotivas*. Será que ninguém disse a elas que se debulhar em lágrimas não é bonito nem remotamente atraente? Bom, alguém devia dizer! Elas ficam com a cara tão incrivelmente vermelha e inchada. E depois, como se não bastasse, elas exageram demais, bafejando alho e andando por aí com uma espada! Essas meninas precisam mesmo de ajuda!
>
> —SIMON, 902

> Disse várias vezes a Emma que acabou, mas ela não acreditou em mim. Continuou ligando. E mandando torpedos. E aparecendo na minha casa. Finalmente, não conseguia mais suportar. Menti e disse a ela que ia torná-la eterna. E depois, quando dei minha mordida, acabei com ela (e com a relação). Sei o que está pensando e não me importo. O pior é que ela nem tinha um gosto bom, depois de tudo o que me fez passar.
>
> —TARQUIN, 73

Não há um jeito fácil de terminar uma relação com uma menina humana. O amor dói. Descobri que o método mais eficaz é ser um "cara legal". Nada repele mais uma menina humana do que um cara que é legal demais.

—MAXIMUS, 765

Optei por "sumir". Simplesmente comecei a vê-la cada vez menos. E menos. E menos. Uma das grandes vantagens de ser um vampiro é nossa capacidade de durar mais do que os humanos. A atenção deles fica vaga... E você pode vagar para uma cidade nova.

—ELIJAH, 313

Penélope sempre foi muito melodramática. Eu sabia que precisaria de um gesto grandioso para me livrar dela. Assim, esperei até que ela tivesse saído da escola com todas as amigas, e voei pelo céu desenhando as letras C-A-N-S-E-I-D-E-V-O-C-Ê em fumaça vermelha. Estava muito quente lá em cima, mas valeu a pena ver a cara dela quando percebeu que tinha acabado.

—OREN, 403

afirmações para o final de seu relacionamento

Foi um *amor* que você tenha pensado que seu relacionamento ia durar. Você realmente imaginava que, de todas as mulheres que ele namorou com o passar dos séculos, seria *você* a que viajaria por mais tempo. O otimismo humano é lindo.

É hora de reunir os frangalhos. Quando você não estiver chorando, meu caro amigo dr. Thaddeus Phillips, DV, sugere algumas afirmações úteis para se reconectar com a realidade.

DO CONSULTÓRIO DO DR. THADDEUS PHILLIPS, VD

Os deuses não saem com a plebe!
Os deuses não saem com a plebe!

Ele fica melhor sem mim!
Ele fica melhor sem mim!

Eu nunca tive chance nenhuma!
Eu nunca tive chance nenhuma!

O sol pode brilhar de novo!
O sol pode brilhar de novo!

Sou da turma de adolescentes com espinhas na cara!
Sou da turma de adolescentes com espinhas na cara!

É claro que você também pode recorrer às afirmações sugeridas pela ex-mulher do dr. Phillips, a dra. Jane Oakes, Ph.D.

DO CONSULTÓRIO DA DRA. JANE OAKES, PH.D

Ninguém merece ser tratado como doador universal — você é especial e merece coisa melhor. Reuni uma lista de motivos para que você tome a decisão correta de chutá-lo para escanteio. São lembretes para repetir a si mesma quando se olhar no espelho toda manhã (porque agora você pode). Repita uma ou dez vezes. De qualquer maneira, você irá superar seu vampiro rapidamente.

- Pastel não é um palavrão.
- Eu mereço alguém que me ame por mim e não só por meu sangue O positivo.
- Não há nada de anormal em querer namorar à luz do dia.
- Às vezes ficar se olhando à noite sob a luz da lua fica esquisito. E frio.
- Não há problema algum em usar blush. Maybelline, estou com saudades.
- Sim, é estranho ter 300 aniversários de 16 anos seguidos.
- Uma prova de esforço cardíaco não consiste, eu repito, <u>não</u> consiste em me cortar com uma folha de papel e ver com que rapidez eu posso fugir correndo.
- Não vale a pena colocar Fluffy em perigo sempre que meu namorado aparece.
- É normal querer que meu namorado fique comigo em vez de rolar pelo quintal toda noite com os amigos dele.

Sei que você jamais superará verdadeiramente a postura de deus que ele tem, seus olhos suplicantes, seus lábios macios como travesseiros, o longo rio de sua voz e/ou seu peito sólido como uma rocha. Afinal, depois que você prova o caviar, é difícil voltar para a empadinha. Mas você precisa sobreviver — pelo menos para cometer a tolice de se apaixonar por um vampiro de novo.

Irá você resistir à tendência geral de toda a humanidade e aprender com seus erros? A vingança será sua? Só o tempo — e o Capítulo Doze — lhe dirão.

UM BILHETE DA GRETA, UMA CAÇA-VAMPIROS

ME LIGA.

CAPÍTULO DOZE

finalmente v.i.v.a.

(a vida independe daquele vampiro abusado)

acho que você e eu ficamos íntimos nos últimos 11 capítulos. Assim, embora não seja necessariamente do meu interesse revelar segredos de vampiros, vou lhe mostrar como sobreviver a um rompimento com vampiro mantendo sua autoestima (e sua vida) intacta.

o kit de sobrevivência do Vlad para términos com vampiros

�֍ **ÁGUA BENTA** para a mesa de cabeceira (além disso, certifique-se de ter um frasco facilmente portátil!).

✖ **ESPELHOS,** espelhos por toda parte.

✖ **O MESMO PARA O ALHO:** coma, pendure, entrelace nos cabelos, faça um perfume aromático e borrife *em toda parte*.

✖ **CRUZ NO CORAÇÃO...** e na soleira da porta... e na guarda da cama... e na janela... (Acha que o rosário que sua avó lhe deu não passa de uma doce lembrança dela? Pense bem. Ela teve um pequeno drama com mortos-vivos naquela época e sabia que isso viria a calhar para seu término com um vampiro.)

✖ **UMA ESTACA DE MADEIRA** é sempre útil. Você até pode conseguir aquela que cabe num estojo de batom!

✖ **UM PACOTE DE SEMENTES** (ou balinhas) para jogar nos pés de seu vampiro a qualquer momento. Os vampiros não suportam isso.

✖ **SINOS TOCANDO:** Os vampiros odeiam esse som. Assim, tire o sino do pescoço da vaca e pendure em sua cintura, meu bem.

✖ **ROUPAS DESELEGANTES** com golas muito altas. Tipo até o seu queixo. Ou mais alta ainda.

✖ **ARMAS:** Se o rompimento foi *realmente* ruim e sua última conversa terminou com ele jurando vingança eterna a sua alma, prepare-se com o mais afiado, forte e comprido facão, espada ou machado que puder encontrar. (Não se esqueça de mandar abençoar!) Se nada der certo, você pode ter de decapitar a criatura.

finalmente v.i.v.a. ✖ **165**

você é viciada em namorar mortos-vivos?

Todas essas precauções deixam você triste? Não porque elas sejam inconvenientes e impliquem que ele lhe quer morta, mas porque você sente muita falta dele? Você está pensando, *O próximo vampiro que eu namorar me protegerá deste último. O modelo antigo foi um golpe de azar.* Coisinha doce e mortal, você corre o risco de se tornar uma vagaba de vampiros, uma presa das presas, um portal imortal — é isso mesmo, uma garota que é viciada no amor vampiro. Aqui está um pequeno questionário para você.

1. **Você sente repulsa por hábitos masculinos humanos, como deixar a tampa da privada erguida, arrotar e respirar?**
   a. Posso conviver com isso.
   b. Prefiro não lidar com os arrotos.
   c. Eca. Respirar? Que tosco.

2. **O homem dos seus sonhos:**
   a. É superinteligente.
   b. Tem um senso de humor maravilhoso.
   c. Cintila.

3. **O que é melhor em ter um namorado?**
   a. Ter alguém para cortar minha comida para que eu não torça meus pulsos delicados.
   b. Deixar minhas amigas com inveja.
   c. Ter alguém que gosta de mim.

4. Seu acompanhante de baile perfeito passará a noite:

a. Dançando. Ele adora se mexer.

b. Sorrindo com sarcasmo. É assim que ele se diverte.

c. Deprimido. Ele preferia ir a um recital de poesia.

5. Por que você terminou com seu último namorado?

a. Estava ficando sério demais.

b. Ele passava tempo demais com os amigos dele.

c. Ele ficava com falta de ar quando eu o obrigava a fazer trilha... me levando nas costas.

6. Qual é sua ideia de um encontro perfeito?

a. Uma caminhada romântica na praia.

b. Uma visita a um cemitério ao luar, onde ouvimos os corvos lamentarem enquanto olhamos as profundezas cativantes de nossos olhos.

c. Jantar e cinema.

7. Qual é sua diferença de idade ideal?

a. Gosto de namorar caras da minha idade. Temos muito em comum.

b. Prefiro namorar alguém dois ou três anos mais velho. Afinal, as meninas amadurecem mais rápido.

c. Só namoro caras que nasceram no século XIX. Eles citam Wordsworth em vez de Adam Sandler, e assim garanto um dez em história.

8. Quem é sua celebridade preferida?

a. Zac Efron. Não consigo resistir a um cara que canta.

b. Michael Phelps. Os atletas são uns gatos.

c. Jonathan Rhys Meyers. Adoro homens pálidos com jeito torturado que parecem ter vontade de me matar.

pontuação

ATRIBUA SEUS PONTOS A CADA RESPOSTA::

1. a. 3 b. 2 c. 0   **2.** a. 3 b. 3 c. 0   **3.** a. 0 b. 1 c. 3

4. a. 3 b. 0 c. 2   **5.** a. 3 b. 1 c. 0   **6.** a. 2 b. 0 c. 3

7. a. 3 b. 2 c. 0   **8.** a. 1 b. 3 c. 0

DE 0 A 4 PONTOS
Viciada em namorar mortos-vivos, você é uma megera de vampiros. Veja as fontes de ajuda no restante deste capítulo.

DE 5 A 18 PONTOS
Você é uma sereia pálida: você pode não estar atrás do capitão do time de futebol, mas ainda gosta que eles tenham pulso. Continue assim.

DE 19 A 24 PONTOS
Uma gata *Homo sapiens*, você gosta de meninos sexies e inteligentes com muito coração operacional. Meus parabéns! Você está pronta para ter uma vida feliz e normal.

dez maneiras de se livrar do vício em vampiros

Ainda precisa de ajuda para escapar da sedução aparentemente inescapável de um vampiro? Bem, você pode experimentar se trancar em um quartinho sem nenhum acesso ao mundo pelo resto da vida... Mas isso parece apavorante demais até para este vampiro que vos fala. Certamente, há outras medidas que você pode tomar.

1 mantenha distância.

Saia apenas no nascer do sol e até uma hora antes do poente para ter certeza de não esbarrar nele. Melhor ainda, mude-se para perto da linha do equador, onde o dia dura mais.

2 comece a namorar outras espécies.

Lembra daquele garoto do segundo ano que você podia jurar que era de Marte? Agora não há mais limites.

3 está magoada? magoe-o.

Pegue uma boneca de vodu e espete nela alguns alfinetes e agulhas. Depois, atire-a no forno e passe o resto do dia rindo do bronzeado esquisito que ela ganhou.

4 começando a se culpar? ponha a culpa nele.

Espalhe um boato pelo cemitério de que ele está pensando em comer a irmã no jantar. Deixe que o clã dele lide com o resto.

5 escreva um diário.

Depois me mande para a sequência deste livro.

6 ✤ coma, muito.

Recupere três dos seis quilos que perdeu quando estava constrangida demais para pedir biscoitinhos de alho porque ele não os suportava. Nada diz melhor "eu superei você" do que o bafo de alho.

7 ✤ jogue fora todas as lembranças dele,
inclusive a primeira flor morta que ele lhe deu, os suéteres de gola rulê (com a gola cortada) que ele comprou para você e a assinatura da *Vampires Weekly*.

8 ✤ instale uma grade eletrificada em suas janelas.

Sim, alguns infelizes colibris poderão ter um fim trágico e frito, mas vai funcionar para afastar qualquer tarado.

9 ✤ ingresse em um grupo de amantes de vampiros anônimos
(AVA), ou leve suas roupas escuras para ajudá-los a criar uma colcha de retalhos para o Dia Nacional do Eu Odeio Vampiros. Reencontre seu amigo da Gap, Stevie. Ele sente a sua falta.

10 ✤ compre um adesivo estimulante.

(Podem ser comprados na AVA.) Dizem os boatos que um adesivo por dia da tanto ânimo que você de imediato vai se tornar uma líder de torcida. Também libera uma substância em sua corrente sanguínea (não vou especificar qual) que a tornará um pouco menos saborosa.

a amizade seria o melhor caminho?

O relacionamento está morto. As cinzas dele estão frias como os peitorais esculpidos. Mas você *ainda* não consegue seguir adiante. Ele diz, "Vamos ser só amigos... pelo menos até que sua vida mortal acabe." Isto pode parecer bom, mas vamos pesar os prós e os contras.

prós	contras
Você pode comer a perfeição perolada dele com os olhos.	Ele verá você envelhecer.
Ele faz com que os caras novos percebam sua presença — você jogou na liga principal!	Ele faz com que os caras novos pareçam insignificantes — você nunca voltará a jogar na liga principal.
Ele ainda resgatará você de situações que ameacem sua vida.	Ele é o único motivo para você entrar em situações que ameacem sua vida.
Ele está disponível para conversar a qualquer hora, dia ou noite.	Aquelas bolsas sob os olhos, resultado de interações com vampiros durante a madrugada, não vão ajudar você a conseguir um namorado novo.
Ele assusta os serial killers.	Ele assusta os lobisomens.
Ele pode dar uma perspectiva de longo prazo para seus problemas.	Ele lhe diz que seus problemas são insignificantes.
Ele impressiona suas amigas...	... até que devore algumas delas.

Sentiu, né? Não dá para ser amiga de um vampiro. O seu sangue e a sua história sempre falarão mais alto.

alternativas aos vampiros

É complicado terminar com um vampiro, e namorar quando você acaba de se magoar também. Antes de ir em frente, você precisa controlar esse impulso de querer outro vampiro. Embora goste do que eles têm a oferecer, você pode muito bem encontrar um novo namorado que não seja vampiro, mas VOS (Vampiresco o Suficiente).

---

lobisomem

Eles certamente não são pálidos como os vampiros — mas isso é uma bênção, porque os lobisomens podem sair com você à luz do dia ou até ir à praia e sair com as marcas de bronzeado (se estiverem depilados!). Os lobisomens podem ser tão misteriosos quanto os vampiros — você terá de guardar seu segredo como guardava o do seu ex. Eles podem correr mais rápido do que você, pular mais alto e são imensamente fortes — sem dúvida perigosos o bastante para ser VOS. A lealdade e o afeto de um lobisomem são melhores do que as de um cachorrinho!

---

zumbi

Morto-vivo? OK. Pele clara? OK. Desejo de chupar uma parte essencial de você? OK. Parece que um zumbi teria o suficiente em comum com um vampiro para prender seu interesse. Tudo bem, ele é meio decadente e tem uma capacidade de diálogo muito fraca (nada daqueles lindos sonetos), mas ele está praticamente só interessado em ficar perto de você. Além disso, é adorável um cara que quer uma menina por sua inteligência — ou pelo menos por seu cérebro. Ele pode não conseguir subir na árvore perto da sua janela, mas certamente passará a noite do lado de fora, esperando você sair.

✢ elfo

Não aqueles pequenininhos de sapatos pontudos — pense nos altos com cabelos louros compridos e esvoaçantes de beleza sobrenatural. Elfos nem sempre andam com hobbits. Seu novo namorado elfo pode ficar tão impressionado que desistirá da imortalidade para passar o resto da vida com você.

✢ necromante

Namorar um necromante pode ser estranho — pode haver espíritos do mal atrás dele, mas ele protegerá você — e sempre está usando um sortimento de sinos, que podem deixar tudo muito esquisito na hora de namorar. Mas você não se incomodaria com a morte e adora um desafio.

✢ múmia

Se você gosta do tipo forte, silencioso e não liga para os quilômetros de gaze, uma múmia pode ser VOS para você. Procure não ser a primeira namorada humana dele — a maioria das múmias vem com uma maldição desagradável de matar a primeira pessoa que abre suas tumbas. Porém, você abrirá os olhos dele (estão em um dos jarros perto do sarcófago) se tentar libertá-lo de sua maldição.

✢ fantasma

Este cara certamente tem poderes sobrenaturais e vigiará você durante a noite — definitivamente é VOS. Assegure-se de ficar longe de quaisquer poltergeists que possam querer você morta. Em vez disso, encontre um fantasma com algum assunto não resolvido e ele vai assombrá-la enquanto procuram o segredo que o retém no mundo físico.

✢ caça-vampiros

Se quer vingança, este é o cara com quem você deve namorar agora.

Tem sido tão difícil voltar à vida normal sem Marius. Não consigo deixar de ir ao cemitério onde ele me contou que era morto-vivo, ou vagar pela igreja tarde da noite para me sentar em um banco e fingir que ele está a meu lado. Sempre que vejo uma coisa se mexer pelo canto do olho, penso que é ele... E depois fico triste quando me viro e é só um passarinho ou a luz refletida na parede. Nem saio muito durante o dia, uma vez que é mais provável que eu o veja se esperar para sair à noite. Em outras palavras, preciso de ajuda.
—MARTHA, 19

Quando Percival terminou comigo, reli todos os poemas que ele escreveu para mim e percebi que ele repetia muitas frases. Por impulso, procurei no Google alguns versos e notei que os poemas dele eram compostos inteiramente de letras da Celine Dion. Também notei que não faziam sentido nenhum. Como eu pude desmaiar com isso?

O amor pode nos tocar uma vez.

Dirigi a noite toda, rastejei para seu quarto.

Deixe seu coração decidir.

Oh, Canadá!

Terre de nos aieux?

Nunca mais vou namorar um vampiro de verdade.
—TERIANN, 15

você sente que foi baleada no coração. Tudo faz você lembrar dele. Bem, abra as cortinas, enrosque-se no sofá com um filme meloso e um pote de sorvete e enxugue suas lágrimas! Há muitos motivos para continuar vivendo como mortal... Pelos próximos 75 ou 80 anos, de qualquer maneira.

Mas quais são os motivos para viver? Eu sei, você só quer ficar enterrada em sua cripta, recordando-se de seu funesto namoro. Mas pense bem! Agora você pode curtir todas as coisas de que sentia falta: o sol, andar pelos jardins, ir à praia, comer refeições de verdade e não se sentir culpada, deixar seu bichinho de estimação em casa e não se preocupar que ele suma misteriosamente, ter uma festa de aniversário sem se sentir idiota, assistir a outros esportes além de beisebol, beijar um cara sem medo de virar morta-viva se ele escorregar, usar perfume, bronzear-se, não esconder os arranhões de seu namorado até que eles curem, comemorar as festas tradicionais, cozinhar legumes (com alho!) e muito mais.

É verdade que você não vai viver para sempre, mas pelo menos não vai ficar deitada num caixão até que o Anjo da Morte venha pegar você. Assim, não se tranque num mausoléu de piedade! Vá para o sol. (Não, é sério. Faça isso. A essa altura você deve estar com deficiência de vitamina D.) E procure ver o lado luminoso — a vida agora será muito menos sombria do que qualquer momento que tenha passado com o seu vampiro.

Você não está sozinha. Há muitas organizações e redes maravilhosas que ajudam meninas volúveis como você.

disque-ajuda e grupos de apoio

dicas de caça-vampiros

Um vampiro lhe disse que a eternidade não serve para você? Quer um caça-vampiros para arrancar a eternidade dele também? Ligue para 0-800-555-ESTACA-NELE.

---

linha de depressão vampiresca

Há um cansaço do mundo e depois o desespero. Se acha que ele *realmente* está deprimido e não está só taciturno-sexy, ligue para o Disque-depressão vampiresca (na lista telefônica de sua cidade). Não é como se ele mesmo telefonasse, mas ele *pode* matar toda a sua cidade.

---

vampiros anônimos

Não se empolgue. Este não é um grupo de apoio para vampiros, onde você pode escolher um Thaddeus ou Frederick sensual de sua cidade. É um programa de 12 passos para as miseráveis humanas viciadas em namorar vampiros. (Nas igrejas de todas as cidades.)

Agora, querida leitora humana, receio ser hora de Vlad dizer *au revoir*. Espero ter conseguido esclarecer os prazeres e perigos de namorar vampiros de uma maneira que você levará em seu coração, se não levar na mente.

Quanto a mim — preciso ir. Tenho de me preparar para um encontro com uma menina que não é parecida com você. A diferença crucial: ela não gosta de ler. Coitadinha, pobre menina. Um livro como este a teria ajudado muito.

Este livro foi composto na tipologia Bembo regular,
em corpo 10/14, e impresso em papel off-set $90g/m^2$,
na Markgraph.